三毛猫ホームズの歌劇場(オペラハウス)

三色猫探案
歌剧院

[日]赤川次郎　著

袁斌　译

人民文学出版社
PEOPLE'S LITERATURE PUBLISHING HOUSE

著作权合同登记号　图字01-2017-8525

MIKENEKO HOUMUZU NO OPERA HOUSE
©Akagawa Jiro 1986
All rights reserved.
Original Japanese edition published by Kobunsha Co., Ltd.
Publishing rights for Simplified Chinese character arranged with Kobunsha Co., Ltd. through KODANSHA LTD., Tokyo and KODANSHA BEIJING CULTURE LTD., Beijing, China.

图书在版编目(CIP)数据

歌剧院/(日)赤川次郎著；袁斌译.
—北京：人民文学出版社，2018
（三色猫探案）
ISBN 978-7-02-013825-8

Ⅰ.①歌… Ⅱ.①赤… ②袁… Ⅲ.①长篇小说—日本—现代 Ⅳ.①I313.45

中国版本图书馆CIP数据核字(2018)第027203号

责任编辑	甘　慧　陶媛媛
封面插画	**Moeder Lin**
装帧设计	山川@山川制本**workshop**

出版发行	人民文学出版社
社　　址	北京市朝内大街166号
邮政编码	**100705**
网　　址	http://www.rw-cn.com

印　　制	上海盛通时代印刷有限公司
经　　销	全国新华书店等

字　　数	**85千字**
开　　本	**787毫米×1092毫米　1/32**
印　　张	**7.5**
版　　次	**2018年6月北京第1版**
印　　次	**2018年6月第1次印刷**

书　　号	**978-7-02-013825-8**
定　　价	**39.00元**

如有印装质量问题，请与本社图书销售中心调换。电话：010-65233595

目 录

总 序 ... 1

序曲 东京 ... 5

第一幕 啊,一定是他 ... 20

第二幕 暴风雨 ... 72

第三幕 冰冷的手 ... 129

第四幕 今夜的祈祷…… ... 168

终 章 ... 227

总序

三色猫探案系列：一个温情的故事世界

赤川次郎

从"三色猫探案"首次与读者见面，到今天已经有三十六个年头了。三十六年，差不多是普通猫咪寿命的两倍。

"把小猫设定为侦探"这一想法的诞生纯属偶然。拿到"ALL读物推理小说新人奖"的第二年，出版社向我约稿写一部长篇推理小说。我绞尽脑汁苦苦思索如何塑造新奇有趣的主人公，因为在"搞笑风推理"的大框架中，侦探的形象写来写去好像只有那么几种。

而就在这时，家里养了十五年的三色猫走到了生命的尽头。这只小猫早已成为家里不可或缺的一员，而且，这十几年是我家生活最为艰辛的一段时期，正是这只三色猫为我们带来了无限欢乐。

当我正式出道，家里生活终于有所改善之时，三色猫就像完成了自己的任务一样永远地离开了我们。为了报答小猫多年以来的陪伴，我决定让它在我的作品中复活。于是，在《推理》中，与我家小猫形态、毛色如出一辙的"猫侦探"从此登场。

不过，那时我并未打算写成系列。没想到此书一经出版好评如潮，结果我又写出了第二部、第三部……年复一年，不知不觉间这个系列已迎来了第五十部作品。原本我希望通过创作小说向我家三色猫报恩，结果它又以几十倍的恩情回馈了我。

三色猫福尔摩斯、片山兄妹、石津刑警，这些角色不仅仅是我的创造物，多年来，广大读者已把他们当作家人一般亲近与喜爱。因此，我会一直把这个系列写下去。

中国出版界很早之前就引进了这套作品的若干部，不知道猫这种生物在日本人和中国人心目中的形象是不是有很多共通之处呢？

无论如何，这个系列被翻译成中文，并被广泛阅读，这对于作者来说，实在是无上的荣幸。

曾经有一名小学生读者看了"三色猫探案"系列后对我说："原来坏人也是有故事的啊。"在我的书里，猫侦探也好，片山刑警也好，他们都不是对罪犯一味穷追猛打的那种主人公。有些人因为生活所迫，不得已而犯下罪行，对于他们，我书中的侦探们在彻查真相的同时，也总是怀有同情之心。

也许现实世界比小说残酷许多，但我衷心期待大家在阅读"三色猫探案"系列时能够暂时忘却现实，在这个充满温暖和人情味的世界中得到治愈和救赎。

猫侦探也是这样希望……的吧。

序　曲

东　京

还有一名选手。

所有人都坚信,月崎弥生肯定会获得第一名。倒数第二名演奏者离开钢琴前的时候,大厅中响起了松了口气般的叹气声,打破了周围的寂静。

大赛就像是已经结束了一样——不光是那些自掏腰包跑来聆听的听众,就连坐在最前排的评委们,表情也分明表露出这样的想法。

七名评委中,有人甚至在评分表上涂鸦。评分表的十二栏里,分别以ABC的等级来划分排名,同时,还细分了B+和A-之类的次等级。

眼下，评分表里只剩下最后一栏没有填写了。就目前的情况来看，每栏的分数大部分填的是B或者C，唯有月崎弥生被判定了A。借助作者的特权，我偷偷地看了看七名评委手里的评分表。A−三人，B+两人，A一人，还有A+一人。这，就是七名评委给予月崎弥生的评价。

而那个唯一给出A+这一最高评分的人，便是在如今的日本钢琴界兴起了一大流派、已年逾七旬的安西兼子。在那些身材肥胖、百无聊赖地跷着二郎腿的评委当中，唯有安西兼子脊背笔直，一动不动地坐着。她那满头银发、纤瘦端正的容姿，在众人中格外显眼。

"接下来将要出场的是十二号选手。"

机械般冰冷的播音响彻了整个大厅，其他评委们也一脸无奈地坐正了身子。

"这里的椅子，坐久了让人感觉屁股疼……"

甚至有人说出了这样的话。

接连聆听十二名选手的演奏，无疑是个重体力活。而每一名选手演奏的曲目，都说不上短小。而且，因为考虑到若中途休息，众人彼此聊起感想或许会对评判产生影响，所以在这场正式比赛中，评委们一直没有休息过。

"下一名选手的演奏最好能短一些……"七八名选手演奏完毕后,众人开始低声抱怨起来。

比赛的过程确实存在很多不近人情的地方。出资赞助这次比赛的大型广告代理商,也是在短短三个月之前才决定要举办这场比赛的。出于这样的原因,承办比赛的工作人员整天忙得不可开交。

因为主要的比赛大厅两年前就把时间都排满了,所以光是确保大赛赛场这一项工作,就让人颇费了一番工夫。此外,如果不在评委当中加入一两名国际知名的钢琴师,也必然会对比赛的"级别"产生影响。

还有——说起来,其实也是大赛整个准备工作中最大的问题——该如何尽量提高那些参赛的年轻钢琴师的平均水准呢?

要是比赛的优胜者赛后没能暴红,那么这样的比赛也就坚持不了多久。既然已经在名称中写上了"第一届"的字样,那么之后至少还得办上十次,这比赛才算是能够保住颜面。这样的想法,正是比赛赞助方社长的想法。

总而言之,要解决所有这些问题,都少不了"金钱的力量"。尽管先前并未公开声明,但据说支付给这些钢琴师、评论家和音乐教育相关人士的谢礼,就已经高达数百万。

比赛的奖金是一千万日元。还有管弦乐团的客串演出、维也纳的独奏音乐会……因为比赛还准备了各种各样的庆典，因此，需要所有相关企业——包括旅行社、航空公司的协助。

比赛筹委会的五个人里，至少有三个人在比赛正式开始前因过度劳累而倒下，而多亏了筹委会的辛勤劳作，眼下赛场大厅里不但座无虚席，连媒体的采访转播也显得相当热情。

此外，在关键的"内容"方面，筹委会也动员现役音乐相关人士，让他们的徒弟报名参加了这场比赛。如此一来，估计能够避免落得"粗而快"的评价。比赛终于召集到一群具有实力的年轻人来参赛了。

但是，因为时间太过紧张，比赛没能进行预选。筹委会根本就没有时间再去进行全国范围的海选了。

因此，海选只能以录音带的形式来筛选。日本各地都寄送来了录有演奏曲目的录音盒带，最后评选出了参加决赛的这十二名选手。

"那么，有请十二号选手柳美知子小姐……"

比赛结果早已揭晓。众人之所以如此认定，并非毫无理由。

在先前上场演奏的十一个人里，即便不去考虑"安西兼子的爱徒"这一因素，月崎弥生位居榜首也是毋庸置疑了——月崎弥生，二十一岁。此刻，弥生本人正坐在观众席上，心中的兴奋与激动令她全身燥热。

自己的评分排在所有人的前面，弥生有这样的自信。而且，评委当中还有自己的恩师安西老师。没问题，第一名已经是自己的囊中之物了……

为了迎接这一天，弥生专门跑去定做了一身深红色的晚礼服。虽然说不上华美，但已经足够抢眼。虽说其他的参赛者们——男选手姑且不论，女选手们也全都竭尽所能，穿上了自己最奢华的衣装，但是能在胸口上别上一枚钻石胸针的，估计就只有弥生一个人了。

弥生的父亲是S电机工业的社长。包括S系列公司在内，她的父亲堪称是统领着数十家公司的"独裁社长"。而弥生，正是他的独生女儿。为了能让女儿作为钢琴师享誉世界，出资支援女儿实现梦想的第一步——赢得这场比赛，弥生的父亲自然不会表现出半点儿的吝啬。

如果先前不是因为弥生真的生了气而出面制止，说不定父亲早就私下给这些评委塞钱了。

"就算不这么做，我也能赢得比赛。"

弥生坚定地对父亲这么说道。

正如先前我所说的那样,我马上就要赢得比赛了!——如同燃烧黑暗之火的黑色眸子让人稍稍感觉有些冷艳,漂亮的弥生此刻脸上燥热地泛起了红晕。

或许因为太过紧张,先前弥生一直担心的两名劲敌在演奏时全都失误百出。其余的八个人则根本不足为惧。眼下,只剩下最后一名参赛者……

其实,参赛前,安西兼子也曾告诉过弥生——海选之后留下的所有参赛者几乎全是东京人,因为这样感觉有些难堪,所以主办方决定在决赛中加入两个来自其他地方的选手。

而其中一人,就是眼下这名来自九州的柳美知子了。虽然演奏得并不算太差,但从录音上听来,似乎因为用录音机录下的,所以效果糟糕,而且弹奏用的钢琴也不是太好。

从资料上来看,柳美知子现年二十二岁,目前在保育园里做保育员。此人之前从未参加过任何比赛,评委中几乎没有人认识她。

"嗯,这人大概也就是来混个参赛经历吧。"

海选时遇到的评论家当时曾笑着这么说过……

所以说,即便在这时候认定月崎弥生将获得第一,也是理所当然的事。

舞台上亮起了明亮的照明灯。舞台中央是一架散发着黑色光泽的施坦威演奏钢琴。会场中稍稍有些嘈杂，众人都在等待着最后一名参赛者的登场。

有人脚步慌乱地从舞台的一侧走了上来。鼓掌声仿佛在即将响起的时候突然间消失了，一种让人困惑的气氛彻底扰乱了整个会场。

这是怎么回事——大厅里的众人面面相觑，有人甚至直接低声说出了这样的话来。舞台正对面的评委席上一阵哑然，评委们似乎都已经惊讶得说不出话来。

此刻站在台上的，无疑是一名女子。只不过从服装上来看，却给人一种奇怪的感觉。

正如先前所描述的那样，所有参加比赛的女选手都一身华服(也有部分选手的衣着只能用"古怪"来形容)，但唯有这位十二号女选手的衣着感觉就像是刚从家里的厨房走出来，唯一的不同只是她似乎已经摘下了围裙。她下身是一条裙子，上身则是一件羊毛衫。

而且，一眼看上去，衣服已经很旧，甚至有些褪色。但是，即便没有褪色，这样的衣着对于一位二十二岁的女子来说，似乎也有些太过朴素。颜色和设计两方面给人的感觉似乎都更适合五十岁左右的女性。

但是，如果只是这样，那么众人大概也只会苦笑一下，彼此对视一番罢了。事实上，众人的反应却并不止于此。那名女子——柳美知子的脸上，还戴着一只偌大的面罩。

这样的衣着搭配，确实太过不协调。说起那面罩，不是普通人在感冒时戴的那种遮盖口鼻以下部位的口罩，而是那种在电影《怪侠佐罗》里出现的宽度较宽、仅仅在眼睛的部分开个小孔的那种面罩。

如果像其他的参赛者一样穿一身晚礼服，再戴上面罩，虽然多少有些奇怪，但至少还是能够穿着去出席化装舞会之类的场合。而现在这名女选手却是上身羊毛衫下身裙子的普通装扮，再戴上面罩的话，给人的感觉就相当不协调。

但柳美知子完全无视场内的气氛，径自走到钢琴前，向着观众们深深地鞠一躬，之后便面朝钢琴坐下来。

"等等！等一下。"

开口说话的是评委当中的一人。那位评委名叫吉永和树，身材肥胖，让人感觉他甚至懒得站起。

此人虽然也是一名评论家，却是一位很少会在音乐会上露面的稀客。

"你这身衣装是怎么回事？"吉永指着柳美知子说道，"你是不是准备去参加化装大赛，结果却走错地方了？"

听到对方的责问，柳美知子缩了缩身子，愣在当场。

"这可是神圣的音乐大赛！我……我绝对不会容许你穿着这种莫名其妙的衣装参赛！"

吼过这么一嗓子之后，吉永开始大口喘起粗气。

其他的评委们全都面带犹豫地彼此对视了一番——唯一例外的，就是依旧一动不动地挺直脊背端正坐着的安西兼子。

尴尬的沉默中，柳美知子向着观众席迈进了一步。

"抱歉，吓到众位了，"柳美知子低下了头，"只不过……我是出于某些原因，才不能让众位看到我的长相。我这样做绝不是为了在比赛中作弊。我说的是真话。只不过……如果让人知道我参加了这场比赛，或许我就会丢掉我现在的工作……"

虽然声音不大，语调却斩钉截铁。

"我可不管你有什么原因！"吉永坐在椅子上反唇相讥，"真是让人感觉不快。赶紧把你那面罩摘掉吧。"

柳美知子低下了头。之后，她重重地叹了口气，说道："如果不摘面罩就不让参加比赛，那么我宁可弃权。"

会场突然变得嘈杂起来。这时候，安西兼子开口了。她用教师般张弛有度的洪亮嗓音说道："就让她戴着面罩比赛又有什么关系呢？"

其他的评委全都扭头看着安西兼子。

"说到底，我们评分判断的基准是演奏。说得极端一些，大家闭上眼睛听演奏就可以了。如果这名选手是出于某种原因才必须遮住脸，那么我们也没有道理不让她参赛。"

"可是……"吉永一脸不大情愿的表情，但立刻耸了耸肩，"嗯，既然安西老师这么说了，那么我就不说什么了。"

对吉永来说，安西这种整天只把精力投入到音乐中的女性是他最怕相处的类型。

既然吉永做出了让步，其他的评委也就没再提出太多的异议。安西兼子冲着坐在钢琴前的柳美知子轻轻地点了点头，说道："请开始吧。"

"谢谢。"

柳美知子再次低头，之后便扭头朝向钢琴。

先前吉永之所以没有忤逆安西兼子，其中的一大原因，是认定柳美知子的演奏肯定不会太好，所以无论她是否参赛，比赛的结果都是一样的。

柳美知子面对着钢琴的键盘，把两手放在膝盖上，挺直脊背,轻声叹了口气。之后,她轻轻地抬起双手,把手指搭到了琴键上——最初的乐音,就在她那纤细柔软的指尖上浮响了起来……

林看了看表。他已经超过十次看表了。

"奇怪啊……"林喃喃道。

她居然会迟到?如果只是五分钟十分钟,那么原因大概也就是电车晚点或者交通堵塞之类的,但是她已经迟到一个小时了。这情况不对啊。

林在店里环视了一圈。这里也并非那种她来了自己会看漏掉的大型咖啡厅。而且,先前两人一直都是在这家咖啡厅里约定见面的。所以对方绝不可能会走错而到其他的店里去等。

又等了三十分钟之后,林的心中开始焦躁起来。难道是遇上了什么事故?不安的心情,渐渐在他的心中膨胀开来。

这也难怪,她——水科礼子,先前从来没有约会迟到过。相反,总迟到的人反而是林。

每一次,林都会气喘吁吁地赶到约定的地方。

"抱歉抱歉!刚要出门,却让课长给揪住了——"

之后,林就会一边挠头,一边在水科礼子的对面坐下。

但是，礼子从来不会生气。她总是微微一笑。

"没事的，我也稍微迟到了两分钟。"

林心里很清楚，其实那是不可能的事。礼子说这话，只是在帮自己圆场罢了。

而眼下，礼子却已经迟到一个多小时了。面对这样的情况，林自然会担心她是不是遇上什么事了。

林下意识地掏出香烟，点上了火。虽然林是不会在礼子面前抽烟的，但眼下，为了让自己心中不断膨胀的不安感沉寂下来，抽烟已经成为必要之举。

如果——如果礼子真的遇上了什么事故……尽管心里一直在告诫自己不要去想这些事，但林的思维还是忍不住飘向不好的一面。

"怎么可能会发生那种事嘛！"

林终于忍不住念叨起来。或许是听到了林的说话声，邻桌的中年妇女一脸讶异地扭过头来看了看林。

话说回来，我到底是怎么了？林在烟灰缸里摁熄刚吸了两三口的香烟——我怎么会这么在意她？

水科礼子——她不就是个寻常的女事务员吗？甚至都配不上"职场女性"这种时髦称呼。说到底，就只是个"女事务员"

罢了。

没错——她就是给人这样一种感觉。

她的长相算不上漂亮，但是，她的身上却总有一种能吸引他人的力量。不论什么时候，她都会穿着一身朴素的衣服，安静地坐着。她的性格有些内向腼腆，面对他人时，很少会主动开口说话。

总而言之，她并非那种能够让人在人群中一眼就看到的姑娘。但是——林就是看上了水科礼子。

如果有人要问为什么，估计连林自己也说不清楚其中的原因。这大概就是所谓的爱情吧。

我怎么会变成这副样子——林缓缓地摇了摇头。

事情怎么会变成这副样子……

咖啡厅的门被人推开了。水科礼子就像以百米冲刺的速度一路跑来一样，大口喘着粗气，站到了林的面前。看到礼子的一瞬间，林终于明白自己心里究竟有多么爱她。

"对不起！"礼子满头大汗地说着，在座位上坐了下来。尽管已经是春天，但夜里也还是会让人感觉到一丝凉意。

"我担心死了。我还以为你遇上了什么事故……"话刚说了一半，林便不再往下说了。看到她平安无事，林就不想再抱怨什么了。

"真是抱歉。"

看到礼子这样低头致歉,林反而感觉就像是自己欺负了她一样。

"没事的——来点什么?"林开口说道。

"我一路跑来的,热死了。我想来点冰的东西。"

礼子向端着水走来的服务生问道:"有冰咖啡吗?"

"我们这里还没有开始供应冰咖啡……"

"是吗?那就来杯热咖啡吧,加些砂糖,然后再往里边多放些冰块。"

"啊?"服务生呆呆地看着礼子。

"真够搞笑呢,刚才那服务生的表情。"离开咖啡厅,并肩走在大街上的时候,林笑着说道。礼子也笑了笑。

"偶尔逗一逗别人,感觉挺有意思呢。"

夜晚的路上一片寂静。风轻轻地从大街上吹过。

"你冷吗?刚才你出了一身汗。"

"没事的,感觉挺舒服的。"

"你遇上什么事了吧?"

礼子停下脚步,两眼盯着林的脸:"为什么这么问?"

"怎么说呢?感觉你似乎和平常不大一样,比平常要浮躁一些。"

"是吗?也许吧。"

礼子目不转睛地盯着林——她的目光让人感觉有些神秘,礼子从没有这样子盯着林看过。

"发生了什么事?"林问道。

礼子没有回答,她主动亲吻了林……

一阵风从两人身旁吹过。

礼子放手之后,林重重地呼了口气。

"我说——"

"我要到欧洲去了。"礼子说道。

"欧洲?"

"对。"

"你去欧洲——有什么事吗?"

"我要去欧洲度蜜月。"

第一幕

啊,一定是他

1

"片山先生!"

一阵兴奋的叫声传来。一个年轻姑娘以恨不得要超过声波速度的迅猛势头一路飞奔而来,抱住片山,热情地亲吻起来。

这样的序幕总会让人感觉有些奇怪。话虽如此,但这里所说的"片山"并非别人,正是警视厅搜查一课里的那个没有半点人气的男子——片山义太郎。

关于这一点,只要看看周围一脸无奈地看着那姑娘亲吻片山的人——片山的妹妹晴美、"自称恋人"兼行李搬运工石津刑警,还有一行人中最大的明星三色猫福尔摩斯——的表情,立刻就会领悟。

当然,最为吃惊的还是片山本人。身处日本的时候,这样的事很少会发生。不过现在他们是在距离日本万里之遥的音乐之都——奥地利(石津误以为此地是澳大利亚,还问了翻译一句"哪里能看到袋鼠和考拉?")的维也纳。

在德国解决了城堡里发生的杀人事件之后,几人便顺道到维也纳来了。当然了,他们此行是坐飞机来的。

下了飞机之后,一行人商定先到宾馆落脚。而刚才的一幕,就发生在他们刚刚抵达维也纳最为高档的宾馆之一——帝国酒店的时候。

看到玄关两侧并排站着一群手持机关枪的士兵,石津向前来迎接的航空公司的人问道。

"这地方真的是宾馆?"

"这里经常会有国外的要人住宿。遇上那种情况的话,宾馆外必定会有这样的士兵站岗。估计今天也会有什么要人来住宿吧。"航空公司的人解释道。

而一行人刚走进那处让人感觉到厚重的历史感、如宫殿般古香古色的大厅,"片山先生"的叫声就响起了。

"石津……"晴美两眼盯着这一出由片山主演的爱情闹剧,开口说道。

"什么?"石津的目光也集中到片山身上。

"要是我哥他晕倒了,就拜托你了。"

"明白。"

"要是有什么难办的问题,就发个航空件,把他给送回去吧。"

先前一直在亲吻片山的姑娘终于放开了片山。

"是我啊!"

"啊,你是?"虽然条件反射般地回了一句,但之后片山就不知道该怎么说了。

这人是谁来着?嗯,这女子先前倒也确实见过,但感觉她的模样似乎有些改变。话虽如此,如果只是在电车上碰巧坐到了彼此相邻的座位这种关系,估计她也不会这样亲热地跟自己打招呼吧……

"啊?你忘记我是谁了啊?"那姑娘非但没有生气,反而在强忍着笑意。

等一下。片山心想——眼前这姑娘感觉出身还不错,长得也挺漂亮,虽然发型变得成熟了许多,但她的眼睛中却有一种恶作剧般的神气。

对,就是那种音乐家之类的人身上常有的就像是天真无邪的哲学家一样的独特氛围。

"呃,真理!你不是樱井真理吗?"晴美抢先回想起来,冲到了两人的身旁。

"好久不见了,"樱井真理轻轻地点了点头,"晴美都记得我，可你却……"说着，她一脸怨恨地瞪了片山一眼。

"我记得啊！我正准备说呢，结果却让她先说出来了。"

"别理我哥了，"晴美搂住真理的肩头，"不过话说回来，你可真是让人有些认不出来了啊？似乎成熟了不少呢。"

"只是外表上变了吧，"樱井真理笑着舒了口气，"不过话说回来，片山你们几乎都没什么变化呢。真开心！"

尽管如此，片山却一脸艰涩的表情。好不容易浮上嘴边的笑容，也让他的表情弄得复杂僵硬了起来。

樱井真理——片山是在那起和小提琴比赛相关的杀人事件里和这姑娘相遇的。

真理原本已经打算弃权不再参加，而之后让真理下定决心参赛的人就是片山。最后，真理漂亮地赢得了那场比赛。

难道从那以后她就一直在维也纳旅行演奏吗？片山点了点头。

话说回来……难怪先前片山没能一眼认出她来，因为此时出现在片山面前的人，虽然确实是樱井真理，但感觉却又不大像。先前那个整天战战兢兢、喜欢从狭窄的门缝中窥视自己未来的内向少女，如今早已彻底消失不见了。

此刻出现在片山他们眼前的，完全是一个对自己的未来充满自信、朝着自己的目标一路向前的音乐家。

"你好，石津，"真理紧紧地握住了一脸恐惧、全身僵直的石津的手，"真令人怀念呢。"

"嗯，你好！"石津依旧没缓过劲来，低头说道，"下次再让我陪你一起跑马拉松吧。"

"你要是忘了，我会感到头痛哦。"

就像想要附和这样的意思一样，几人的脚边突然传来了一声猫叫。

"福尔摩斯！这么大老远的，你也来了啊？"

真理抱起福尔摩斯，用脸颊蹭了蹭福尔摩斯。虽然都是"女"的，福尔摩斯却一脸不大感兴趣的表情。

"那个……"负责翻译工作的男子战战兢兢地说道，"诸位似乎都还没有登记呢……"

"啊，抱歉，"真理放下福尔摩斯，"打搅你们了。"

"没事，真理。我们这边马上就好，之后我们找个地方喝茶吧，好吗？"

真理似乎并不打算拒绝晴美的提议。

在宾馆的餐厅里稍事休息，片山等人便在宾馆里四处张望起来。

"哥,"晴美捅了捅片山,"这样也太丢人啦,你就别再一脸好奇地四处张望了。"

"没事的,不必在意。"真理愉快地说道。

一名身材肥胖、脸颊赤红的服务生走了过来。

"呃……难得到维也纳来一趟,不如来杯维也纳咖啡吧?"片山说道。

"其实只要是维也纳的咖啡,都可以叫维也纳咖啡。"先前仔细读过导游手册的晴美说道。

"我来吧。你们要些什么?"

真理听过众人点的东西之后,向服务生转述了一遍。片山松了口气,如果换作是他一个人,估计连杯水也点不了。

"呵,真够溜的啊?"石津对真理的德语钦佩不已,"念大学的时候,我倒也学过一点德语,但维也纳语……"

"我说,真理,"晴美突然开口说道,"你一直都待在这边?"

"是的。我在这边遇到了一位不错的老师。而且,我也不希望自己整天待在父母身边。"

"那,你妈妈就没跟你说过,她觉得很寂寞吗?"

"上个月她才到维也纳来过一趟。或许她来之前还希望我一见到她就抱住她哭诉说我想回去,但和我一起待了一段时间之后,她放弃了。"

真理呵呵一笑。

"你真的变成熟不少呢。"

"是吗?我倒是感觉自己脸皮变厚,挺头痛的呢。"

咖啡上来了。

咖啡的口感和在日本也能喝到的那种清淡口味不大相同,给人很浓稠的感觉。因为福尔摩斯不能喝咖啡,它便老老实实地待在了晴美的膝盖上。

"真不愧是音乐之都呢,"晴美看了看四周的墙壁,"墙上贴的是乐谱吧?"

"瓦格纳曾经在这里创作过,"真理说道,"那边装饰的,就是瓦格纳亲笔写下的乐谱。"

"哦?"片山也不由得感叹了起来。瓦格纳啊?罗伯特·瓦格纳?嗯?不对吧?

"话说回来,真理。你怎么知道我们会到这里来呢?"晴美问道。

说的也是。片山意识到了这问题。

"灵感——开玩笑了。其实这事我是听领事馆的人说的。当时那边的人跟我说,会有警视厅的人过来,让我找你们商量一下。我又问来的是谁,他们就告诉我说来的人叫片山义太郎……你都不知道当时我有多吃惊呢。"

"是这么回事啊?"晴美点了点头,问道,"话说,你有什么事要和我们商量啊?"

一种不祥的预感袭上了片山的心头——喂,别问了,难得到维也纳来一趟,要是再和什么怪事扯上关系,那就得不偿失了。

"我身边有人失踪了,"真理说道,"说来也奇怪。这里本来应该没人知道……"

"你快说。"晴美的眼睛里立刻闪现出光芒。

先前在城堡里发生命案的时候,你自己不是好几次险些被人杀了吗?怎么一点儿记性都没有?真是的!片山和石津彼此对视了一眼。

随后他的目光又和一名坐在远处的男子的目光撞到了一起。

那男子是个日本人,还很年轻——年纪大概二十六七岁的样子。

男子独自一人坐在桌旁。但是,他给人的感觉和这样的场合很不协调,身上虽然穿着一套很普通的西服,却似乎并非普通的商务人士。

当然了,男子的模样更不像音乐家。

而且,令人感觉奇怪的是——和片山的目光撞到一起之后,男子似乎吃了一惊,赶忙挪开了视线。看样子,他似乎从刚才起就一直盯着片山等人。

这人是谁?怎么感觉鬼鬼祟祟的?片山心中想道。男子给人的感觉与这种超一流宾馆格格不入,而他本人看起来似乎也不自在。

另外——虽然有些模糊了,但片山总觉得自己先前曾在什么地方见到过他。到底是在哪儿见过这人呢?完全想不起来。

但是,身为刑警,一旦看到记忆模糊的面孔,第一件事就是查看通缉犯的照片和海报。男子一副穷酸相,眼神之中似乎也没有什么善意。他就那样一脸不快地沉默着。

这人到底是谁?片山一边思考着这问题,一边把注意力转回到樱井真理讲述的事情上……

走进冈田太太的房间后,真理就像往常一样。"你好,太太,"她用英语打了一声招呼,"我稍微来晚了一些,抱歉。"

在钢琴前站起身来的,是一位银丝如雪的老太太。虽然老太太说的是英语,实际上她却是个奥地利人。真理听说她已经年近七旬了,但腰背却依旧笔直,姿势和动作之严谨,完全让人察觉不出她的年龄。

来到维也纳遇到这位老师之后,真理放弃了回日本的想法,决定在这里暂居下来。严厉地教导着真理学习这种在日本根本没法找到的源于生活本身的音乐节奏的,正是这位老妇人。刚开始时拿小提琴如同小学生一般生涩的真理,如今已经对这位老妇人抱有一种近乎面对母亲的感情。

冈田太太虽然和真理保持着一种师徒之间的礼节,但因为她那出生于日本的丈夫早她一步离世,如今她膝下无子、茕茕孑立,所以她对真理也像是对待自己的女儿或孙女一样。

"玛丽,怎么样?你有没有给你母亲写信?"冈田太太轻轻地亲吻了一下真理的脸颊,开口问道。

她一直用一种带有外国腔调的口音,把真理叫作"玛丽"[①]。

"昨晚我倒是写好了一封,但还没有寄出去。"真理照实

---

① 日语中,女子名"真理"的发音为 mari,和外国女子名 Mary 的音译极为相近,因此冈田太太才会用这样的名字来叫真理。

回答。

"那你早点把信寄出去吧,别让你母亲担心你。"

"好的。明天我一定会寄出去。"

"那就好。"

看到真理伸手准备打开装小提琴的盒子,冈田太太赶忙阻止道:"啊,你稍等一下。"

"怎么?"

"我有个请求。"

"您说。"

"你到机场去一趟吧。"

"去机场……现在吗?"真理吃惊地问道。

"其实,刚才有人从日本打来了电话——"

"从日本?"

"是安西打来的。安西兼子,你应该知道吧?"

"嗯,当然,我听过她的名字。"

"是啊。因为她是弹钢琴的——其实,先前在与安西相关的一场音乐大赛上获得冠军的孩子,今天似乎会到这边来。我本来应该去迎接一下,但是碰巧我的代理人病倒了,我得去一趟。就是这么回事。"

"我代您去迎接一下,是吧?我明白了。"

"抱歉,不好意思——你的车呢?"

"嗯,在停车场。"

"那就拜托你了。"

"您知道是几点的飞机吗?"

冈田太太拿起钢琴上的便条,递给了真理。

"Michiko Yanagi,应该叫柳美知子吧。那么,我该把她带到哪儿去呢?"

"这个嘛,你就先把她带到这里来吧。你回来之前,我会安排好她的住宿的。"

"我知道了,"真理看了看表,"现在就出门的话,应该来得及。"

"那就拜托了。"冈田太太轻轻地拍了拍真理的肩。

维也纳机场在距离市区十八公里的地方。驾车前往的话,大概只需要花费二三十分钟的时间。

真理驾车而去,她的驾照是在奥地利拿的。然而,在日本的时候,她的母亲却不断地说:"要是出了什么交通事故,那可怎么办?"

所以,在日本的时候,考驾照这种事,真理根本想都没想过。

真理的母亲曾经希望自己能成为一名小提琴家，但后来因为在交通事故中伤到了手臂，最后不得不放弃。站在母亲的立场上，这样的担心并非完全没有道理。

但是——虽然这样的想法似乎很幼稚，而真理自己也觉得有些不好意思——每次驾车飞驰在公路上的时候，她都会真实地感觉自己脱离了父母的庇护，飞向了自由的天空。

真理很清楚，如果发生了什么事故，那将会是致命的。所以，她开车的时候很小心。

天气晴朗，心情愉快。在维也纳，很多时候冷飕飕的，而天空也总是阴沉沉的，但今天却是罕见的暖和天气。

前往机场的途中，真理路过了一处面积很大的中央墓地——贝多芬、舒伯特、巴赫等音乐巨匠就长眠在这片墓地里。说起来，这里感觉就像是音乐的故乡。

但是——虽然不时也会被那些到维也纳来游玩的朋友们取笑，但真理一次都没有来过这片墓地。尽管电影《黑狱亡魂》最后一幕的林间小路就是在这里取景的，但每次一想到反正自己就住在这里，随时都可以来，反而一直都没有来过。

今天，真理也是驾车从墓地旁经过，向机场赶去。时间自然是很充裕的。

飞机降落前二十分钟，真理就已经抵达机场了——维也纳机场虽然也是国际机场，但因城市本身很小，机场并不是很大。机场的周边一片安静，绿色点缀其中。

航班在预定时间里准点着陆。

"是柳美知子吧？"真理嘴里默念着。

过了一阵子，乘客们纷纷走出了机场大门——其中的日本旅客很多。

真理本打算大喊一声的，但她又犹豫了。这让她感觉有些困惑。别说长相，真理甚至连对方的年纪也不清楚。

话说回来，既然对方是音乐大赛的冠军，想必年纪应该不会很大，而且，既然是搞音乐的，也会有些气场之类的吧。估计应该是能认出来的吧。真理心中暗自想道。

但眼下从大门里走出来的全都是从日本来的团体游客，几乎看不到单独前来的样子。依照冈田太太的说法，对方应该是独自前来才对。

"大家请走这边！"和旅行团一同前来的导游用干涩的声音说道。

这工作也真够辛苦的啊。看到这一幕，真理不由得微微一笑。最近一段时间，欧洲发生了一些恐怖事件和绑架事件，感觉似乎不大太平。虽然奥地利境内的情况还算安稳，但机场这里仍能看到一些手持轻机关枪站岗的士兵。

"啊——"肯定是那个女的，真理心想。

对方一身干练的西服，脚步匆匆，年纪大概和真理差不多，但因为着装的缘故，感觉看起来要比真理稍微大几岁。对方身上散发着一种与在大赛中脱颖而出之人完全相符的坚毅气质，还有——对方长相之美，就连身为女子的真理也不由得吃了一惊。

真理迈步走向用带子拖着行李箱前进的那名女子。

"打搅一下——"真理开口说道。

"嗯？"

"先前，安西兼子老师联系了我们……"

那姑娘稍稍皱起了眉头。

"安西老师？"

"你是柳美知子小姐吧？"

听到这名字之后，那姑娘的脸上突然泛起了红晕。

"不，我是月崎弥生。"

"啊？那可真是抱歉了，"真理赶忙道歉，"因为你是一个人来的，所以我就——真是抱歉了。"

"没事，"月崎弥生说道，"莫非你就是拉小提琴的樱井真理小姐？"

真理吃了一惊，反问道："是我。你是怎么知道的？"

"你在日本音乐界可是个名人啊。"对方出人意料地展现出温和的笑容，说道。

"啊，我自己都不知道呢，"真理的脸上终于露出了笑容，"月崎弥生小姐？我记得念初中的时候，你拿过钢琴比赛第一名呢……当时我拿的是小提琴第二名。"

"是啊，"说着，月崎弥生变回了一脸严肃的表情，"你是在等柳美知子小姐吗？"

"是的。先前安西老师给我的老师打了个电话……你认识柳美知子小姐吗？"

弥生从架在肩上的挎包的口袋里拿出了一张剪下的报纸，默默地递给了真理。

报道里说的是比赛的结果，上边写着"第一名：柳美知子；第二名：月崎弥生"。

"那，你们是一起过来的？"

"她也是同一趟航班吗？"

"据说是这样的。"

"是吗……"弥生想了一下，之后又露出一副突然回过神来的样子，"还有朋友在等我呢，我先走了。"

说完，弥生低着头走开了。

事情发生得太过突然，真理感觉有些困惑。目送着弥生离开之后，真理又开始寻找起了柳美知子。

但是，从飞机上下来的客人几乎已经走光了。日本人都比较性急，一般都会抢先下飞机。而那些跟在日本人之后悠然走下飞机的，大多都是些法国或者英国的老夫妻。

奇怪了……难道不是这班航班？真理心想。

要不还是给冈田太太打个电话吧？真理在大厅里环视了一圈。这时候，一名女子出现在了她的视野当中。

那女子与月崎弥生的衣着形成了鲜明对比，只是一身朴素的连衣裙。要说是朴素，还比较好听，那女子身上的衣装，应该说既土气又寒酸。女子身旁的行李箱上也到处都是伤痕，感觉已经很旧了。

应该不会是她吧？真理心想。不管怎么看，那女子都不像个音乐家。

女子还在不断地四处张望，一脸难堪的表情，大概是本来约好来接机的人没来。

但周围没有其他年轻的女子了,还是过去问一声吧。真理心里之所以会这么想,大概是因为对那女子心怀同情。

"抱歉,请问……"

听到真理和自己打招呼,那女子突然一愣,仿佛随时都会逃走。

"什么?"

"你是——柳美知子小姐吗?"

那女子终于放下了心中的担忧。

"是我!"

看样子先前她一直都很紧张。

"啊,对不起。其实——"

听完真理的讲述,柳美知子终于放松了下来。"我还在想,要是没人来接我的话,那可怎么办呢……我在这里语言也不通,也不知道自己该上哪儿去才好呢。"柳美知子仿佛随时都要哭出来一样。

"抱歉,刚才我没看到你。那么,我们先到冈田太太那边去吧,"真理微笑着说,"你的行李只有这些吗?"

"嗯——其实我也不知道该带些什么过来才好,"说着,柳美知子一脸羞涩地拿起了那只破旧的行李箱,"这是我借来的。

因为我没有带锁的行李箱。"

"你不是还要在这边开演奏会的吗?"真理边走边问。

"是的,据说是比赛的奖励。"

"那,你有没有准备礼服和鞋子之类的?"

因为那箱子里估计是放不下这类东西的,所以真理才故意这样问了一句。

"这些事——我完全没考虑过呢,"柳美知子突然愣在了原地,"我该怎么做才好呢?"

"总会有办法的,在这里准备就行,"真理为她打气道,"这里也有不少日本人。要是你不嫌弃的话,我可以借给你。"

"连这些事也请你帮忙的话……"柳美知子似乎有些难为情。

"总而言之,现在我们还是先到冈田太太那里去吧。"

"那个,不好意思。"

"什么?"

"请问,洗手间在哪儿呢?"

真理强忍住笑,告诉对方洗手间的位置:"我来替你看着行李箱,你放心去吧。"

"好的,真不好意思。"

柳美知子脚步匆匆地走开了。

感觉挺没自信呢。

真理摇了摇头。她这副样子,真难得还能在大赛里获得第一名。

估计这也是她第一次出国吧。话说回来,就连来个机场也紧张成这样的人,要是让她在维也纳开演奏会的话……

估计她得晕倒在台上吧?

真理站在原地,等待着柳美知子回来。

"直到最后,柳美知子都没有回来。"真理说道。

"啊?"晴美已经喝干了第二杯咖啡。

这么浓,也亏她能喝得下去。片山不由得叹了口气。

一口气喝上两杯,就别想再睡觉了。

虽然片山也一直在聆听真理的讲述,但至少他这趟并非作为警视厅搜查一课的刑警而来。

"大概是迷路了吧?"石津少见地放下了食物,插嘴说了句合情合理的话。

"我已经找了好几次,"真理点头道,"之后我还跟机场的保安说了这事,让他们帮忙找了一遍。然后又在机场广播里用日语播报了一遍寻人启事……到头来,我们还是没能找到柳美知子。"真理摊开了双手。

"这简直就是神隐嘛,"石津又说了一句老旧的话,"不会是到四次元世界去了吧?"

"我倒真希望是这样呢。"真理端起咖啡杯,说道。

"行李箱里有什么线索没有?"看到晴美探出身去,片山不由得叹了口气。

"什么线索也没有——她的护照什么的,大概是塞在挎在肩上的那只包里。"

"那你报警了没有呢?"

"我回到冈田太太那里之后,冈田太太说这事最好去跟领事馆联系一下——但说来也有些奇怪。"

"怎么个奇怪法儿?"

"领事馆的人帮我查了一下,结果却说他们并没有接到一个叫柳美知子的人在奥地利入境的消息。"

"什么?"晴美吃惊地睁大了眼睛,"这么说来,她用的是假名字?"

"我是一点儿都搞不懂了,"真理耸了耸肩,"总而言之,之前我也没看到过柳美知子的照片,也不知道那人是不是真的就是她。"

有人站到了片山的身后。片山扭头一看,才发现自己身后站着的正是那个刚才片山觉得有些可疑的日本年轻人。

"冒昧问一句——"男子开口说道,"刚才你们谈论的女子,是不是就是这个人?"

说着,男子往桌上放了一张照片。

照片上,男子本人搂着一名女子的肩膀,只是一张很普通的纪念照。

"就是她!"看过照片之后,真理说道,"这人就是那个在机场消失了的柳美知子!"

2

冰冷的雨点,仿佛要把人的身体冻僵。

本想换个不会淋到雨的地方,但这样一来就再也无法监视到关键的后门了。本来周围的光线就很暗,而后门的照明只有一盏黯淡的长明灯,好不容易才能勉强看清。

"哥他可真够慢的啊。"莉莎喃喃念道。

换作往常,只要有十五分钟时间就能撬开保险柜。今晚都已经过了三十分钟,还不见人出来。

就算穿了紧身的夹克衫,雨水还是会顺着衣领往下流。莉莎身子一颤,缩了缩脖子,好不容易才忍住了没有叫出声来。

这世上就没有什么能够轻轻松松赚大钱的事,所以也没办法。莉莎心想。没错,这家店里估计也没放太多的钱,但两三个月的饭钱应该还是有的吧。除此之外,应该也会有些余钱去买印度大麻。

雨也差不多该停了吧——就在莉莎抬头仰望漆黑天空的时

候。砰!一个响亮的声音响彻了四周。

莉莎觉得全身无法动弹——刚才那是什么声音?应该不会是枪声吧……

莉莎知道哥哥马库斯身上是带着手枪的。但是,她从来没有看过他真的开枪。

那枪其实就是一把二手货,莉莎甚至怀疑它是否真的能够射出子弹来。哥哥随身带着那枪,只是为了以防万一。

万一……要是刚才就真的是"万一"呢?

怎么会?这不可能!哥!

莉莎拔脚准备往那家店的后门冲去。突然,一阵撞击声传来,随后响起的是玻璃碎裂的声音。

毫无疑问,那声音就是从店里传来的。肯定是发生什么事了,而且还是不得了的大事。

突然间,后门开了。一个巨大的人影滚了出来。

"约翰!"莉莎大叫一声,拔腿冲了过去。

"别过来!"约翰站起身来,向着莉莎冲来,"快跑!"

"约翰,我哥呢?"

"快!"

被约翰用他那粗壮的手臂半簇拥着,莉莎也跑了起来。

"快跑！快跑！"

是约翰的声音。耳边是急促的呼吸和脚步声。

此刻，莉莎也在拼命地往前跑。她和约翰一起穿过昏暗狭窄的小巷。除了自己和约翰的脚步声之外，莉莎还听到了一阵紧追不舍的沉重的成年人的脚步声。

有人在追赶我们！我们必须甩掉他们！

对莉莎他们来说，昏暗僻静的小巷正是熟知的世界。

在约翰的催促下，两人忽左忽右，不断地奔逃着。不知何时，紧追不舍的脚步声听不到了。

约翰的脚步放缓下来。

"大概没事了吧。"约翰不住地喘息着，长距离的奔跑给他那巨大的身躯带来的负担可不小。约翰彻底累坏了，他一屁股坐到了满是雨水的地上。

莉莎体型纤瘦，原本就身手敏捷。虽然她也感觉自己的心脏仿佛随时会跳出来，但还没到连站也站不住的地步。

莉莎蹲下身去，向着依旧坐在地上大口喘着粗气的约翰问道。

"约翰，到底发生什么事了？"

"有警察……"刚说了这么几个字，约翰再次喘息起来。

"是吗？"这一点莉莎大致也猜到了，所以她并没有表现得很吃惊,"我哥……被他们抓住了?"

约翰又继续喘了一阵,之后他抬起了头——虽然他长着一头金发,留着胡子,但实际只有二十一岁。

"约翰……他开枪了。"

"开枪了?"

"冲着警察……"

莉莎脸色铁青。

"我哥他冲着警察开枪了?"莉莎的声音有些发颤。

"事情发生得很突然,那些警察是突然站到我们面前的,"约翰摇了摇头,"当时我们都慌了。只是为了吓唬他们一下,马库斯举起了枪。"

"但后来他还是开枪了,是吧?"

"对……真够倒霉的!"

莉莎靠在一旁的围墙上——怎么会这样!哥他居然冲着警察开枪了!

"那,警察死了没?"过了一阵,莉莎开口问道。

"不清楚。不过我看见有人捂着肚子蹲下去了。当时有两个警察,另一个则动手打了马库斯。"

"打了我哥?"

"我看到马库斯倒下之后,我就逃走了……"约翰抬头看着莉莎,"对不起,莉莎……我也很怕啊——"

"没事的,你这么做也是理所当然的,"莉莎拼命忍住泪水,"幸好你没被抓住……"

约翰哭了起来,他大概在为独自一人逃走感到难为情。

莉莎把手搭到了约翰的肩上。

必须去救哥哥……莉莎心想。

那警察死了还是没死,这一点将会使整件事的状况变得完全不同。但是,一个十七岁的少女,和一个虽然身材高大但年纪却也不过只有二十一岁的约翰,真的能够救哥哥吗?

"莉莎……怎么办?"约翰带着哭腔说。

"一起想想办法吧,"莉莎用手搂住了约翰的脖颈,"除了你,我也没人可依靠了……"

冰冷的雨依旧下个不停。

"哥……"莉莎喃喃地念叨着,甚至连莉莎自己也不清楚,她的这声呼唤有没有发出声音来。

"你不觉得这事有些蹊跷吗?"晴美说道。

"不觉得!"片山冥顽不化地摇了摇头。

"真是的！你这人就是个老顽固！"晴美扭头看着石津，"石津，你也觉得这事有些蹊跷吧？"

"那当然。"不管什么事，石津都不会忤逆晴美说的话，所以这种时候石津的发言，几乎可以说毫无意义。而且，眼下三人正在进餐——所以更不能把石津说的话当真。

"确实挺蹊跷的，"石津拼命撕扯着硬邦邦的面包，"这里的人平常吃得那么多，也真亏他们能够满足于这样的早餐呢。"

晴美叹了口气。尽管如此，她似乎仍保持着常人一样的食欲，并且把那个赤红脸颊的服务生叫到身旁，点了一杯咖啡。

"这有什么可奇怪的？"片山强调道，"柳美知子和水科礼子就是同一个人。出于某种原因，水科礼子并不想用自己的真名参加比赛，所以她就使用了'柳美知子'这样一个假名。"

"这些事，我也知道。"晴美说道。

"喵。"福尔摩斯叫了一声。

它美滋滋地舔完了那碗凉牛奶，脸上一副"再来一碗"的表情。还不等晴美开口，旁边那个喜欢猫的少女服务生就已经发现了这一点，走过来给福尔摩斯的食盘倒上了牛奶。

福尔摩斯咕噜噜地低鸣着，开始用它的舌头灵巧地舔起来。在这种时候，猫的体型就跟赛跑起跑时一样。

或许是赛跑者模仿它们的样子吧。

"钢琴师用个艺名什么的,也没什么可大惊小怪的吧?"片山往嘴里塞了一块面包。

"这我知道。但是,她为什么要跟自己的恋人撒谎,说要和别的男人去度蜜月?"

"她本来就想分手。"

"既然如此,那直说不就好了吗?"

"要是你觉得每个女人都跟你这种假小子一样,那你就大错特错了。"

"你这话到底什么意思!"

晴美一脸想要伸手揪住片山衣领——不,应该说是直接想要扑上去撕咬一般的表情说道。

"也就是说,这世上不光只有那些不管什么话都能直截了当地说出口的女人。"

"我什么时候不管什么话都直截了当地说出口了?"晴美直截了当地说道。

但总而言之,早餐时间还是勉强在平安无事中度过了——三个人和一只猫走进宽敞的大厅里,准备休息一下。

换作是在东京的宾馆里,即便大厅里也是人满为患,找不到地方落座根本一点儿都不新鲜。但在这里，大厅却是在前台后边，所以和宾馆无关的人员是无法进入的。与其说是大厅，倒不如说是豪华的沙龙。

像片山这种天生拘谨的人，待在这样的地方，心里反而感觉有些不踏实。

"就算像你说的那样，水科礼子是想要和那个姓林的男人分手，"晴美突然接着刚才的话题说了起来，"那她为何又要在维也纳机场偷偷溜走呢？"

"嗯……"

关于这一点，片山也感觉有些奇怪。

水科礼子确实已经来到奥地利了，但之后她便立刻消失了。

"话说回来，这事也不是我们能处理的吧？查明有日本旅客失踪的情况之后，这里的警察就会协助寻找的。"

"可是……"晴美一脸不服气地嘟起了嘴。

"总而言之——"片山叮嘱了一句，"我可不想再去掺和那些莫名其妙的案件了，我们这次是到维也纳来度假的。"

"你每次都这样，一有事就想办法闪人！"即便是晴美，也只能表现出一脸的不快，因为眼下并没有证据表明这事一定和犯罪有关，所以她无法开口反驳哥哥。

"已经十点了啊，"片山看了看表，"我去看看樱井来了没有。"

"我陪你一起去吧，"石津站起身来，"幸亏先填饱肚子，毕竟中午是没饭吃的。"

光是听到这话，片山就感觉心里边一阵烦闷。

"哼，"目送着片山等人离开大厅之后，晴美说道，"日本男人怎么都这样！一点儿不关心其他人的事情。是吧，福尔摩斯？"

听到晴美的话，蜷在高档沙发上的福尔摩斯微微睁开眼睛，喵地轻轻叫唤一声，之后便又打了个大哈欠，接着睡去。

"福尔摩斯，怎么连你也这样啊！"晴美说出了一句就像是被布鲁图出卖了的恺撒一样的台词，"维也纳这里真够奇怪的，你不觉得吗？街上的建筑物感觉都很古旧呢。"

没错，先前樱井真理突然抱住片山亲吻的事，感觉也挺奇怪的，想来应该也是这地方搞的鬼吧……

"倒也难怪。或许因为这地方到处都破破旧旧的，所以才会连我哥都看起来挺不错的吧。"

晴美赞同了自己的想法。

今天樱井真理也暂停了课程，准备带片山他们到镇上去逛逛。

晴美心里也挺期待的,同时……没错,虽然晴美自己不愿承认,但实际上她的心里还是有些醋意的。

对妹妹而言,长兄如父,那么对哥哥来说,是不是可以说长妹如母呢——没我在身边,哥他什么事都做不了。这样一想,心中倒也有一种快感。

要是哥哥也能像个正常人一样,能在女性当中颇受欢迎的话……站在晴美的角度上,会有种"无所适从"的感觉。

但是——作为前途有望的小提琴家,真理眼下还在修学当中。即便她对哥哥心怀好感,估计也不会想到结婚这一步吧。如此一来,回到日本之后,也依旧是兄妹两人(外加一只猫)一同生活的日子。

"要是永远这样,感觉倒有些不方便呢……"晴美喃喃道。

有人走进大厅里来了。莫非是哥他们来了?晴美扭头一看。

"啊,你好——"开口向晴美打招呼的,正是昨天拿水科礼子的照片给片山等人看过的林。

先前不光片山感觉自己曾经见过林,林也感觉对片山有些印象。话虽如此,倒也不是说林有什么前科,而是因为两人是大学里的前辈和后辈。

"哎呀,林先生,"晴美微微一笑,问道,"睡得还好吧?"

"嗯，昨晚睡得挺香的，"林在椅子上坐了下来，"毕竟我还不曾住过这么高级的宾馆，第一天晚上根本没睡着。"

看样子，他似乎有精神开玩笑了。

"太好了，"晴美说道，"昨天你眼睛里有血丝，还有些担心你会不会有事呢。"

"谢谢关心……"林一脸羞涩地挠了挠头，"毕竟我是以礼子的便条为线索一路追到这里来的。总而言之，得知她确实到了维也纳，我也稍微打起些精神来了。"

"你还真是挺了不起的呢，"晴美摇了摇头，"不管再怎么喜欢一个女孩，能做到就算被开除也无所谓，硬请了半个月的假，然后取出银行存款飞到这里来——这样的事，不是任何人都能做得出来的。"

"因为我觉得这绝非小事，"林说道，"她突然辞职，之后就再也联系不上了，所以我觉得她一定是遇到什么大事了——但是，听了昨天的那人——樱井小姐说的话之后，我弄明白了。"

"话说回来，为什么水科礼子要使用柳美知子的假名，为什么要在维也纳机场溜走——这些事现在依旧没有弄清啊。"

"说的也是。但这样子起码要比不知道她到底有没有到这里来、只能看着手上的钱日渐变少、傻傻地瞎等要好得多啊。"

看样子，这是林的真心话。

晴美发现福尔摩斯似乎轻轻地抬起了头——怎么回事？

晴美扭头一看，只见远处的沙发上坐着一个年轻的日本女子。晴美吃了一惊。

那女的什么时候坐到那里去的？晴美他们进来的时候，这大厅里一个人都没有。

当然了，虽然地上铺着地毯，听不到脚步声也正常，但就算如此……

晴美一直觉得，那女的似乎是在倾听自己和林之间的谈话。当然，这只是晴美的直觉。

"抱歉，我来晚了。"樱井真理喘着粗气走进了大厅里。

"真理。我哥他们——"

"嗯，我遇到他们了。现在他们就在外边等着呢。"

"啊，居然让你来叫我，真没礼貌！"

"不是，是我自己跑进来的……我们走吧。"

"好。"晴美站起身来，福尔摩斯也跳到地上，伸了个懒腰，然后又是打呵欠，用后肢搔扒耳朵。

"林先生，"晴美说道，"要是不介意的话，不如一起去市内绕一圈吧？"

"可是——"林有些犹豫。

"就算你一直守在宾馆里，也找不到礼子小姐。出去走走的话，说不定还能换换心情呢。"

林稍微犹豫了一阵，然后微微一笑。

"说的也是，要是不会给你们造成麻烦的话——"

"没关系的，反正就是坐电车绕一圈而已，多一个人也没什么麻烦。"真理开朗地说道。

"那，我就去准备一下了。"

林走出了大厅，真理目送他走远。突然间，真理惊叫了一声："哎呀，月崎弥生小姐！"

晴美一惊——是吗，那姑娘就是月崎弥生啊？果真如此，就难怪她会对晴美他们的谈话感兴趣了。

"是樱井真理小姐吧？上次在机场——"月崎弥生站起身来，微微一笑。

"你也住在这里？"

"是的。每次到维也纳来，我都会住这里。"

都会住这里吗——晴美不由得哆嗦了一下。

"您应该也听说了吧，柳美知子小姐不见了。"

"听说了，"弥生点了点头，"第一名的演奏会，下周就要举行了吧？到底怎么回事呢？"

"安西老师也挺担心这事的，说是准备到这边来一趟。"

弥生似乎有些吃惊，睁大了眼睛。

"安西老师要到维也纳来？"

"是的。昨天她打电话联系了冈田太太。"

"是吗……那她什么时候过来？"

"估计明天会到。我已经帮她在这里预定好房间了。"

"是吗？"弥生一副若有所思的模样。

这时候，林回到大厅里，和晴美等人一起离开了宾馆。

月崎弥生独自留在了大厅里。坐在长椅上，弥生陷入了沉思。她的脸上，露出了严肃的表情……

宾馆前台的男子拿着一张留言条，走进了大厅里。

"Herr Hayashi（德语：林先生）。"前台的男子高声喊了一句。

"我是林的同伴，"弥生说道，"林现在出门去了。"

"那就请您转告他一下——"

"好的。"

弥生接过了留言条。留言条上是用德语写的潦草字迹，上边写着："今晚，国立歌剧院，包厢一楼左侧三号。Reiko（礼子)。"

国立歌剧院——维也纳的国立歌剧院就在距帝国酒店步行几分钟的地方。

弥生折起留言条塞进包里,站起身来。她本打算走出大厅,但她突然又停下了脚步。

大厅的入口处蹲着一只三色猫,而那只猫一直在盯着弥生看。

"福尔摩斯!你在干吗?"

宾馆的前台处传来了一声叫唤。

三色猫背转过身,脚步轻盈地离开了。

3

"地下墓地?"晴美问道。

"对。第二次世界大战的时候,这座圣斯德望主教座堂的大部分在轰炸中损毁了,之后,偶然发现了埋藏在地下的墓地。"樱井真理解释道。

"那还真得去看看呢!是吧,哥?"

"嗯……"

片山已经走了很久,脚早就走酸了——在观光和购物的时候,女人真的是永远都不会感到累呢。

"有什么有趣的东西吗?"石津问道。

"要说墓地里有什么有趣的,"真理微微一笑,"那当然是堆积如山的白骨啦。"

"白……骨?"片山睁圆了眼睛。

"对,似乎是先前黑死病流行时的牺牲者。在空旷的场所里远远望去的话……倒也挺壮观的呢。"

"好想去看看!"晴美兴奋不已。

"你还真是有够恶趣味的啊。"片山说道。

"什么嘛。哥你要不愿去的话,那就找个地方坐会儿吧。我们去看看就来。"

"我会的。"片山直率地点了点头。

"十五分钟就回来,"真理看了看表,"石津先生和林先生怎么办呢?"

"晴美去的话,我当然也要去!"

石津直立不动,感觉像是准备向人敬礼。

"那我也一起去吧。"林说道。

"喵。"

"啊,福尔摩斯你也要去?那,哥你就一个人等我们吧。"

"就我一个?"片山心里有些害怕,要是有外国人和自己搭话,那可怎么办?

"要是害怕,那你还是跟我们一起去吧?"

听晴美说得这么直接,片山的倔脾气也犯了。

"谁害怕了?周围不是还有这么多的游客吗?"

"那你就等我们一会儿吧。"

"嗯。你们去吧。"

"你可别迷路了。"

看着众人在真理的带领下向地下墓地入口走去,片山不由得嘟哝了一句:"都是些好事之徒!"

走在这壮观的教堂里,抬头仰望那令人眼前发晕的高高的天花板,这样宏伟的石造建筑到底是什么时候、怎样建造起来的呢?一想到这些,片山不由得对"历史"这东西有了一种敬畏。片山的这种感受性——虽然这一点一直都被晴美看不起——似乎要比常人丰富。

心思飘到那些生活在遥远过去的人们身上之后,就会感觉"现世的人"实在是太多了。周围的旅客被分成几个小团体,在圣堂里四处漫步。

导游解说词的四分之三是用日语来解说的。

闭上眼睛,侧耳聆听,感觉就像是在日本。

"啊,有人在举行婚礼!"

"啊?哪里?哪里?"

"你看,那边!"

"呀!去看看吧!"

七八个女大学生一边吵闹,一边向着祭坛而去。果然,祭坛的前方确实有人在举办婚礼。

在这么嘈杂不堪的地方，也亏得他们还能举办婚礼呢。片山不由得感慨了一下。不光如此，那些日本游客还在周围不住地吵嚷，拿出相机来不断拍照。

片山苦笑了一下。因为周围实在没什么其他可看的，所以也就只能放眼眺望一下婚礼的模样了。

纱裙颇长的婚纱——这样的婚纱，倒也挺适合这座向着天空伸展的教堂呢。片山心想。

结婚啊……

虽然晴美总喜欢拿这事来开涮，但片山自己并非完全不想结婚。但是，凡事都得讲究时机，想结婚的时候，身边总是没有合适的女性，而片山喜欢的女性，又偏偏喜欢上了其他的男子——这样一来，确实很难找到机会结婚。

而在此之前，片山还得先把自己的"女性恐惧症"根治掉才行。

"别担心，我也得先看看女的是不是合适才行啊。"片山嘟哝道。

果然，自己不能总待在公寓里任由妹妹和福尔摩斯两个女的欺负，否则，心里就会根深蒂固地留下对女性的警戒心——当然了，这一切只是片山自己的"心理分析"。

话说回来，首当其冲的问题还在晴美，必须让那家伙先结婚……

长兄如父。这一点片山承认。虽然一天到头地吵架，但片山也盼着晴美能早日顺利嫁人成家。而对象……难道是石津不成？

嗯，石津这家伙倒也不坏。虽然不坏……虽然晴美成天都表现得很开朗，但其实她有着一段辛酸的恋情往事，有时她也会表现得很脆弱。

的确，虽然她有着不管片山囊中再怎样羞涩也打死不给片山零用钱的一面——对了，旅行结束回去之后一定要跟晴美好好谈谈，商量商量加发一些零用钱的问题。

"不过那家伙很难搞定啊……"

不知何时，晴美心中惦记的对象已经从哥哥变成了钱包。

片山感觉到自己身边似乎站着一名女子，但他并不是很在意。

就在这时，片山突然听到了一阵啜泣声。片山扭头一看，只见一名年轻女子——还是个日本人——正掩面哭泣，她的肩膀在不断地抽动着。

那副模样，感觉就像是原本不想哭，却无论如何也难以抑制自己的感情。

大概是因为看到别人的婚礼后心中感触良多，才会忍不住哭了出来吧。但是，那种哭泣的方式又有点不大一样。

戳中片山的软肋——不，如果换一个角度来看待的话，或许这也可以说是一种优点。本来片山完全可以放任对方不管，但最后他还是忍不住问了一句。

"你怎么了？"

那女子一愣，抬起了头，却仍用手半遮住满是泪水的脸。

"不……没什么……"

女子嘴里喃喃念叨了一句，便匆匆地离开了。

这女的可真是奇怪——片山目送着对方走远，耸耸肩膀，把目光挪了回来……先前那几个吵闹不休的女大学生正并肩站着，瞪视着片山。

片山吃了一惊。

"你……你们有什么事吗？"

"真够过分的！"一名女大学生说道。

"过分？怎么回事？"

"她哭着跑掉，你就这么放任不管？"

"就是！日本的男人全都这副德行，所以才让人看不起！"

"简直粗暴！"

听到女大学生们这番接连不断的责难，片山更吃惊了。

"等等……等一下。"

"肯定是你家里明明有妻子,却还带她出来,想来个不伦之旅!"

"不伦?"

"不然的话,看见别人结婚,她哭什么?"

"就是。想玩弄感情?没那么便宜的事!"

"赶紧追上去跟她道歉啊!"

"喂,等一下啊,我——"

"你要再啰唆个没完,当心我们现在就把你扒个全裸!"

片山睁圆了眼睛:"等一下……我知道了!我知道了!"

不能在这种地方被人给扒全裸啊。为了逃离眼前这群误会的孩子,片山拔腿追向那个哭泣的女子。

"开什么玩笑,真是的!"片山放缓了脚步,嘴里嘟哝着。

我这样无辜的人,为什么要受这番窝囊气啊?

就在片山心中感觉万分不爽的时候,刚才的女子再次出现在他的眼前。

她已经停止了哭泣,正抬头仰望着古老的传教坛。

片山扭头往身后一看——妈呀!那群女大学生还在身后盯着他呢!

没办法。

"那个……"片山开口说道。

"什么？"女子转过头来。嗯？片山心里突然萌生了一种似乎在什么地方见过这女子的感觉。虽然刚才她在哭的时候，片山看到了她的模样，但因为当时她用手捂着脸，所以才完全没有感觉到。

"啊，刚才……真是对不起了。"

"不，我不是这个意思，"片山说道，"不好意思，能让我牵一下你的手吗？"

"呃，可是——"听片山讲述过情况之后，女子笑了，"啊，还有这样的事，真是抱歉，给您添麻烦了。"

"没事。"

"这样就行了吧？"女子拉住片山的胳膊，亲昵地靠了过来。片山脸色铁青。

不管怎么做，似乎都是没辙。

"啊，终于走了。"片山舒了口气，擦了擦额头。

"要是让你的同伴看到我，他估计会生气吧？"

女子正色道："不，不会。只不过……您是一个人来的吗？"

"啊，不是——我的同伴都去参观地下的墓地了。"

"哦,是吗?我本来也挺想去看看,但一个人去有些害怕。"

"我的那些同伴全都是怪人。"片山边叹气边说。

"你们住在哪家宾馆?"

"帝国酒店。"

"真棒!那是最好的宾馆吧?我也想去那里吃顿饭呢,"女子微笑着说道,"那,我就先告辞了。"

女子冲着片山行了个礼,便转身走开。

片山迈开脚步,向先前和晴美他们分开的地方走去。

一名少女和他擦肩而过——是日本人吗?黑眼睛,黑头发。但是,从脸型来看,感觉又像是外国人,说不定是混血儿呢。片山心中想着。

那少女突然停下脚步,扭过头来。

"帝国酒店啊……有钱人啊,"少女用日语喃喃道,"说不定正合适呢……"

之后,少女便开始跟踪片山。

回到原先的地方,婚礼已经结束。片山在长椅上坐下,等待晴美等人的归来。

过了五分钟,周围响起晴美他们吵闹不休的声音。

"喂,我在这里。"片山抬起了手。

"啊，找到了。你没哭吧？"

听了晴美的话，片山露出一脸生气的表情。

"哭的人可不是我。"

"什么？"

"不，没什么——有意思吗？"

"喵——"福尔摩斯点了点头。

"里边确实挺有意思的。"说话的是林。

片山突然触电般从长椅上跳了起来。

"对了！"

"你……你干吗啊？哥，"晴美睁圆了眼睛，"你没事吧？"

"刚才那女人——就是那个人啊！"

"女人？"

"刚才我还和她说话呢……就是那个女人……先前林给我们看的那张照片上的……"

"水科礼子？真的吗？"

"她到这里来了？"林睁大了眼睛，"那她现在在哪儿？"

"啊——"片山正准备开口，但回头看看空荡荡的教堂，才发现那女人已经完全不见了踪影。片山愣住了……

"笨蛋。"

"可是……"

"笨蛋。"

"不,我……"

"笨蛋。"

"别这么说啊,我是不经意间……"

"喵。"

"连你也怪我?"片山只能把火撒到福尔摩斯身上。

"你够了。"晴美瞪着片山,又重重地骂了一句"笨蛋"。

不管晴美说什么,片山都无法反驳。先前大家已经谈论了那么多有关水科礼子的事,结果当礼子本人出现在他面前时,他居然没发现。

回国之后,就辞掉刑警的工作吧。片山真心这么想。

"但是,知道她人在维也纳,我也松了口气,"林说道,"因为她行踪不明,我整天提心吊胆,担心她会不会被绑架了。"

"啊,这蛋糕的味道真不错,"石津插嘴说道,"而且还很大!"

欧洲人,不分男女老幼,都很爱吃甜食。

在维也纳,以发明了萨赫蛋糕的萨赫酒店为首,有许多可以吃到蛋糕的店。其中，这家德美尔是颇具历史的老店。

"这家店已经有上百年的历史了，"真理说道，"你看，正面的玻璃窗上不是有双头鹫的标志吗？那是哈布斯堡王朝的纹章，也就是说，这里的蛋糕是专供王室的。"

镶嵌着许多镜子的内部装潢，一眼看去就很古朴。但是，店面却并不是很大，同时又摆放了许多蛋糕和供客人们就座的台子，所以显得相当狭小。

片山喝了口咖啡，也要了一份蛋糕。但因为这东西实在太甜，再加上分量又很足，所以片山有些应付不过来。

"不过，"晴美说道，"照哥你这么说，礼子小姐似乎既没被人监禁也没被人追赶，既然如此，她干吗要躲起来？"

"确实有些奇怪，"真理点头道，"冈田太太也挺担心的。不管有什么问题，都应该联系我们一下。"

没错——而且，看到婚礼，她为何要哭泣？片山很在意这一点。

但是片山也不想和这事扯上关系了。不管其中有什么原因，既然已经查明水科礼子平安无事，就足够了。况且又没有发生什么命案。

到目前为止，片山的想法并没有错。

"现在离晚餐时间还有一阵子，"真理说道，"要不再到其他地方逛逛吧？还是你们打算先回宾馆？"

"我回宾馆看看，"林说道，"说不定她联系过我。"

"她应该不知道你到这里来吧？"

听晴美这么一问，林突然有些慌："是的。不过，我只是说万一。"

咦？片山感觉有些奇怪。他一直把林当成是个不远万里追着恋人跑到欧洲来的男子。

如果水科礼子当时确实在留言条上写下那家宾馆的名字，林真的会为了见她而跑到维也纳来吗？

"既然这样，那大家还是先回宾馆去吧，"晴美得出了结论，"话说回来，真理，你这样整天陪着我们瞎转，真的不会给你添麻烦吗？"

"不会。我可没办法丢下你们不管。今晚吃过晚饭，我们去看场歌剧吧？"真理说道。

"歌剧嘛……"石津略显犹豫地说道。

"对，歌剧。"真理重复了一遍。

"所谓的歌剧，不会是歌舞伎表演《劝进帐》之类的吧？"

"那是歌舞伎啦，"晴美捅了捅石津，"好啊！我早就想到现场看看歌剧了呢！"

"我头一次听说你喜欢歌剧，"片山说道，"你可别看着看着睡着了。"

"真没礼貌！我也曾在学艺会上演过《卡门》哦。"

"晴美小姐的卡门啊，想必一定挺精彩的吧？"光是想象一番，石津就已经神魂颠倒了。

"不好意思，我要彻底粉碎你的想象。晴美当时扮演的是斗牛场上的牛。"

"你何必非说出来不可！"晴美使劲儿瞪了片山一眼。

"你还揍翻了斗牛士，差点搞得歌剧没法继续演下去。当时我在旁边看着，真叫一个着急啊。"

"那是因为斗牛士太没用了。"真理扑哧一声笑了起来。

"别担心，今晚演的不是《卡门》。"

"那今晚演的是什么呢？"晴美问道。

"是罗西尼的《塞维利亚的理发师》。"

第二幕

暴风雨

1

黑暗空间的底层,从孤零零地悬浮着的乐池中散发出的强力合奏,正渐渐地把歌剧院座席上的观众们一步步地拽向"歌剧"的世界中去。

罗西尼独特的轻快旋律,弦乐器舒缓柔和的乐音,不断上涌、弹跳般地渐强……

这曲子,先前似乎在哪里听过啊?甚至连片山心里都产生这样的感觉。大概是念小学的时候,在学校带着去听的"家庭音乐会"之类的场合里,曾经有人演奏过吧。

然而,昏暗的观众席和厚重的装饰等酝酿出的那种独特氛围,让片山也不由得神往。

原来如此——嗯,所谓的歌剧,本来应该就是这样边看边听的啊。虽然感觉似乎稍稍有些过长,但像现在这样现场观看,或许也能专心看上一阵子呢。

在真理的安排下,片山等人坐进了包厢里——就是在欧洲电影里看到的盛装出游的贵族千金们戴着镶嵌着钻石的项链俯视着台下英俊绅士们的那种单独包厢。片山等人所在的包厢是从二楼左起的第五个。但是，如果按照日式的算法，这地方应该可以算作是三楼。

一个包厢里可容纳六个人——片山他们所在的包厢里，加上真理和林，人数也刚好是六，所以整个包厢基本上算是被他们给包下来。当然，这数目也包括了福尔摩斯。

最前排坐的是晴美、真理和福尔摩斯三位女士，第二排坐的是石津和林，最后一排就只有片山一个人——这难道是预示我要孤独一生？片山心中想道。

进包厢的时候，晴美曾经叮嘱过片山。

"你可别因为坐的是最后一排，就打瞌睡错过精彩表演哦。"

哎呀呀——但话说回来，包厢倒也确实挺方便的。每个包厢都有一个面朝走廊的出入口，所以和下边大厅里的座席不同，中途也能离席再回来。

来到这里之后，众人终于有了一种置身"音乐之都"的感觉。

眼下似乎不会发生什么案件——即便柳美知子下落不明，恐怕也是因为那个真名水科礼子的女子的个人原因。而且，耳边聆听着这样优美的音乐，大概不会有人想要杀人的吧。

但话说回来,那件事确实让人感觉挺吃惊。

片山苦笑了一下。

晚上七点半左右,真理带着众人来到了这座歌剧院。八点开演,临近半夜才会结束。来到歌剧院的入口处,看到周围那些穿着晚礼服的女子和穿燕尾服的男子,众人的目光不由得被吸引住了。

还有——

"简直不像话!"

即便听到有人说日语,也不足为奇。

毕竟,观众的装扮千差万别,除了那些身着晚礼服和燕尾服的绅士淑女之外,也有不少身穿便服和牛仔裤的观众。包厢的票价自然是最贵的,但与日本不同的是,这里还有一些为学生和年轻人准备的站票。站票的价格如果换作日元,大概只需要两三百日元。

走进歌剧院后,晴美开心地叫了一声:

"哈,有意思!"

站票席有的在大厅的深处,有的在大厅的侧面,或者是扶手边,在那些站票席上,并排竖着许多金属杆。

年轻人可以靠在那些金属杆上,远远地眺望着舞台正面。而在幕间休息、需要离开大厅的时候,他们会把毛衣或者衬衫之类的东西拴在自己位置的扶手上。

的确,这样的价格,确实能吸引不少年轻人来观看歌剧。

这些姑且不论——

"简直不像话!"

刚听到这句日语的时候,片山并不是太在意。

先前片山就在观众中看到了不少日本人的身影。难得到音乐之都来一趟,那些在日本除了K歌基本跟音乐无缘的工薪族和整日只知道追星的少女们,也都跑来听歌剧了。

"怎么回事?"真理似乎有些在意刚才听到的叫声,停下了脚步。

"大概是吵嘴之类的吧。"晴美扭头看了一眼,但周围的人群挡住了她的视线,无法看到刚才开口说话的人。

就在这时——

"别以为是日本人就小看人!"

"就算用日语叫嚷,对方也听不懂吧!"真理苦笑了一下,"我去看看情况。"

说完,真理便向着衣帽间走去。

"哥,刚才那声音,你有没有觉得曾经在哪里听过?"晴美说道。

"是吗?好像是。不过,应该不会吧……"但片山有点担心,他拨开人群,走了过去。

"哦,我知道了,"真理说道,"这票是包厢票,包厢里是有衣帽架的,所以您就不能寄存在衣帽间了。"

"这么回事啊——啊,抱歉,英语勉强还能听懂,德语真是一点儿都不懂啊。"

亏他说得出这种话。片山站在远处呆呆地望着两人,真理似乎也发现了片山的异样。

"那个——您是栗原先生吧?"

"嗯?你怎么知道?"说着,栗原睁圆了眼睛。

"课长!"片山叫道。

"怎么,是片山啊?又见面了啊?"看到片山,警视厅搜查一课课长栗原警视微微一笑。

"又见面了——怎么回事?我还以为您回日本了呢,"说完,片山赶忙介绍道,"啊,这位是樱井真理小姐——就是上次与'斯塔维茨小提琴音乐大赛'相关的那起杀人案中……"

"对!我想起来了,"栗原警视突然露出了一脸与他的身份完全不相符的孩童般的表情，"就是好奇心强，而且喜欢上片山的那姑娘吧？"

"也用不着这么说话吧？"片山一脸羞涩地说道。

这时候，晴美、石津、福尔摩斯都过来了。几人吵吵嚷嚷聊个不停，感觉就如同是在开同学会。

"嗯，我确实回了一趟日本，"栗原一边走上两排竖着大理石柱的宽阔楼梯，一边说道，"回去一看，又轮到休假了。感觉就像是老天爷在同情我，让我休息一样。"

"真是少见呢。"

"回国之后，因为时差关系，我有两三天上班时一直呆呆的，结果这事被上头看到，担心我神经衰弱。"

"课长您神经衰弱？"

"不可以吗？"

"不，不。"

片山赶忙摇头。

"所以呢，上头似乎觉得让我再回德国有些可怜，我还什么都没说，总监就亲自来问我，要不就休个假吧。"

"这也是您平日里的工作而得到的奖赏啊。"

听到晴美的吹捧，栗原心情更好了。

"嗯。这也算是老天爷开眼了吧。"

"喵。"福尔摩斯的叫声不知是赞同还是揶揄。

"但是,课长,您的太太没和您一起来吗?"晴美问道。

"很遗憾——"栗原叹了口气。

"有什么不方便吗?"

"当然一起来了。"

所有人都在拼命忍住笑,栗原抬眼远眺着宫殿般的歌剧院,

"其实她今晚应该会来的。毕竟,我可是咬牙狠心买了包厢票啊。说不定过会儿就到了。"

"是不是身体不舒服?"真理问道。

"听她说,吃过晚饭之后,似乎有点不大舒服。"

"不过,即便是在演出中途,包厢席也是允许观众出入的。"

"是吗?那我就放心了。反正离宾馆也挺近的,她应该不会迷路。"

不知为何,片山心里总有一种不祥的预感。

"课长,您住在哪家宾馆?"

"当然是帝国酒店了,因为先前听你们说过要去那地方住。"

对片山来说,他并不是很在意和栗原住在同一家宾馆,反正他也没跟自己住同一个房间。

只不过，这样一来，先前案件中的人员也就全都到齐了，说不定又要发生什么案件。这让片山心里感觉有些不安。

但不管怎么说，也不至于在这种地方——都已经到维也纳来了，想必应该不会再遇到那种杀人案了吧。难道……

漫长的合奏结束，第一幕的大幕落下，大厅里响起雷鸣般的掌声。

歌手们接连不断地从幕后走上台来，回应着众人的掌声。

"真的好棒啊！"晴美一脸如痴如醉的表情。

"你喜欢的话，我很开心，"真理微笑着扭过头去，"片山先生，你觉得怎么样啊？"

"嗯，确实挺不错的。"片山也在不停地鼓掌，尽管上演的剧目很有名，但片山却不是很熟，故事梗概也只是大概了解，说实话，有时让人感觉有些犯困。尽管如此，每首曲子的美妙，还有声线的光辉，不禁让人感觉钦佩。片山也终于明白，所谓唱歌，并非只有那种感觉像是要把麦克风啃掉的唱法。

"大家都没睡吗？真是难得！"

"能在身旁看着晴美你，就不会想睡了。"石津也难得说了句中听的话。

"承蒙款待，"真理笑了笑，"现在是休息时间，不如到门厅那边走走吧？"

一群"土包子"在真理的带领下走出了包厢。

"这里有卖一些类似小三明治一样的东西，味道很不错哦。"

听到真理的话，石津立刻两眼放光，而片山却一点食欲都没有。

门厅不止一处，装饰着不少著名作曲家的肖像画，而且宽敞。虽然里边的大厅呈现出了一种从外边根本想象不出的小巧雅致，但门厅这里如此宽敞，还是意外。

"快看！"

晴美叫嚷起来。众人顺着她手指的方向看去，只见前方站着一位身穿一身钴蓝色晚礼服的美女。

"厉害！"连石津也不由得停下了脚步。

"穿上那样的衣服，日本人确实没法儿比，"晴美叹息着说，"快看那项链！是真正的钻石啊。"

"值多少？"

"哥你就知道钱——知道不？你就是因为这一点才惹人厌。真理，我们走吧，别理这家伙了。"

片山被众人撇下，只得独自一人在门厅里四处瞎晃。不，或许是出于同情吧,有一名"女性"留了下来。那"女性"不是别人,正是福尔摩斯。

"福尔摩斯,你懂歌剧吗?"

福尔摩斯花腔女高音似的叫了一声——当然了,只是在说笑罢了。

"喵。"其实它只是普普通通地叫了一声。

"哎?"或许是因为听到福尔摩斯的叫声的缘故,一名女子停下了脚步。

片山不由得一愣。从对方的长相来看,片山感觉似曾相识,帝国酒店的住客到这里来看歌剧,算不得什么新鲜事。

"请恕我冒昧,"那姑娘开口说道,"我叫月崎弥生。这只猫是您的?"

"嗯,是的。"片山点头道。

"那您应该是和樱井真理小姐一起的吧?"

"对,眼下他们到门厅那边去了……对了,你是那位钢琴师吧?"

"原来您已经听真理小姐说过了?"月崎弥生微微一笑,"我就是只拿了第二名的那个没用的钢琴师。"

"第二名也很不错啊。"

"哪里。您是不会明白我的心情的，"月崎弥生摇了摇头，"音乐大赛里，要是拿不到第一名，就什么意义都没有。排名上，只有'第一'和'非第一'这两种。"

提起音乐比赛，先前真理那桩案子中，片山吃了不少苦呢。虽然既不会弹钢琴也不会拉小提琴，片山却很理解对方此时的心情。

"要不，请我喝点什么吧？"月崎弥生给人的感觉就像这么做完全理所当然。

"行啊。你要喝什么呢？"

"可乐就行。"说完，弥生笑了笑。

福尔摩斯似乎并不打算跟着两人离开。它一边留意着不被人群踢到，一边向着角落穿行而去。

"啊，这地方居然会有猫呢，"一名女子说道，"是只三色猫呢。这可是日本猫哦。"

女子蹲下身，轻轻地摸了摸福尔摩斯的毛。

"真可爱……"

不管怎么看，女子应该都是买站票的那类人，身穿牛仔裤。她抬头看了看身旁的大块头。

"约翰，怎么办呢？"

"只能硬着头皮上了,莉莎,"约翰摇了摇头,"我们必须把马库斯救出来。"

"是啊。没钱可不行。"莉莎站起身,换上了一脸严肃的表情,"要不就干脆选那个女的吧?"

"行。只要能弄到钱,没什么不行。"约翰拍了拍运动衫的衣兜。

"嘘!要是被对方看到的话……"

"没事,这地方这么多人。"

眼下,门厅可谓是人头攒动。

"怎么动手呢?我们总不能就在人群中动手吧。"莉莎说道。

"目标不是已经确定了吗?"

"对。我已经在留意,是个男的,感觉有些傻愣愣的,应该不难对付。"

"你确定是在包厢席?"

"嗯。不过我不知道到底是哪个包厢,毕竟那里有一排包厢。"

"找找看吧。这可是第一次幕间,人肯定到门厅去了。"

"说的也是,"莉莎点了点头,"住在帝国酒店,看歌剧买包厢票。钱肯定不少。"

"是啊!莉莎?"

"什么?"

"还是我一个人动手吧。"

莉莎微微一笑:"好了,没事啦。"

"可是……这可不是小事啊。要是让人逮住了的话——"

"我也知道绑架是很严重的犯罪。"

"所以还是我一个人去吧——"

"约翰,"莉莎打断了对方的话,"别担心,都是为了我哥。我早就做好心理准备了。"

约翰点了点头:"好吧,虽然我心里还是不大愿意让你这么做。"

"他可是我哥啊。我做不出让你只身犯险而我却袖手旁观这种事。"

"可是,先前也是因为我一个人自己逃走了——"

"那件事你就别再提了,"莉莎抓住了约翰的胳臂,"现在我们尽可能地把能做的事做好就行了。"

"好吧!那家伙在哪儿呢?"

"身为日本人,对方的身高不算矮。溜肩,娃娃脸。一眼就能认出来。"

"好,出发吧。"

莉莎和约翰同时迈出了脚步,突然间,她停下脚来回头看了看——一只三色猫坐在原地,两眼盯着莉莎。

"嗯,这东西味道挺不错的!"

比起歌剧来,石津似乎对眼前的三明治更有兴趣。

"真理,抱歉啊,让你又浪费了整整一天时间。"晴美说道。

"不,先前得到你们那么多的关照,这么点小事,完全是理所当然的,"真理手里端着咖啡,说道,"我真心感谢片山先生。如果当时——要是没有片山先生,说不定现在我已经彻底放弃小提琴了呢。"

感谢啊——晴美心中暗自想着:这样的"感谢",是不是很容易变成"爱恋"啊?

"明天我带你们到美泉宫和美景宫去看看。"真理说道。

"没事,我们会自己逛逛的。"

"还是让我陪你们去吧。说实话,我还没有进过美泉宫呢。"

"啊——"

两人笑了起来。

"啊,都在呢。"有人说道。

"弥生小姐?"真理似乎吃了一惊,"你也来了啊?"

片山一脸复杂的表情,站在几人身旁。

"哥,福尔摩斯呢?"

"不知道。估计上哪儿瞎晃去了吧。"

"真够悠闲的。不过它可比哥你靠得住。"

"啊,真是不错呢。"林也回来了。

"哎,你也来了啊?"弥生一脸意外地说道,"有没有找到你的情人啊?"

"还在找。不过说不定她会到这里来。"

"是吗——说的也是。但凡音乐爱好者,大概都不会放过今晚的职业演出的。"

"但现在人这么多,想要找上一圈也不容易啊,"弥生稍微思考了一下,"我不知道柳美知子小姐到底长什么样儿,你手上应该有她的照片吧?"

"就是这张——她叫水科礼子。"

"水科礼子小姐……好的,我也会帮忙找一下。"弥生盯着照片看了一阵。之后,她突然压低嗓门对林说道:"下次幕间休息的时候,你到我所在的包厢来一下吧。"

"你所在的包厢?"

"对。就是一楼左侧第三个包厢,我有些话想跟你说一下——那么,片山先生,多谢款待了。"

说完,弥生飞快地迈出了脚步。

只有片山听到了弥生邀请林去包厢的那番话。她到底有什么事呢?片山心里不由得犯起了嘀咕。

弥生险些和两名老妇人撞到一起。

"抱歉——"话音刚落,弥生立刻惊叫起来,"老师?"

"啊,弥生小姐,"老妇人睁大了眼睛,"你什么时候到维也纳来的?"

"失陪了。"弥生低头致意,立刻走掉。她的语调中明显带着一丝敌意。

"太太——"真理似乎也吃了一惊,用英语说道,"您也来了啊?"

"哎呀,玛丽,你也在啊?"

"嗯。那个——这两位是片山先生和片山先生的妹妹——片山先生,这位就是我在维也纳的老师冈田太太。"

那位颇具风度的老妇人冲着片山等人稍微致意之后,便立刻扭头看着刚才被弥生叫"老师"的另一位老妇人。

不等冈田太太介绍,真理便直接开口说道。

"您是安西兼子老师吧?给您预约的房间是从明天开始入住的。"

"啊,真是抱歉了,因为突然买到了更早的航班——不过别担心,房间我已经订好了。"

眼前的这两位老妇人,给人正好一对的印象。

虽然一个是日本人,一个是奥地利人,但全身心投入到音乐中的漫长岁月,已经把两名老妇人打造出了相同的气质。

还有一个原因就是两人都已是银发如雪。

从年龄上来看,两人的脊背仍显笔直,简直难以置信。相较之下,安西兼子更显得严厉,确实有一种"教师范儿"。

"安西老师,"真理说道,"有关柳美知子小姐的事——"

"据说那名字根本就不是她的真名。听冈田太太说起这事来的时候,我大吃了一惊。"

"听人说,她出场比赛的时候,脸上戴着面罩……"

"没错。当时还有评委说,这样打扮的人是不能参加比赛的。但我觉得还是让她试一下比较好。"

"她为什么要戴面罩呢?"

"不清楚。"安西兼子摇了摇头。

"她的真名似乎是水科礼子。这位林先生是她的未婚夫。"

"不,我只是个被她甩掉的情人罢了,"林一脸严肃地纠正道,"其实,今天有人看到她了。"

"有人看到她了?在哪儿?"

"看到她的人就是我……"片山插嘴说道,"中午的时候,我在圣斯德望主教座堂里见到过她。"

"是吗?那这么说来,她也在维也纳。"

"没错。"

"那就太好了,"安西兼子突然扭头看着片山,"第一名的纪念演奏会无法取消。赞助方好不容易才答应举办,如果我们这边说取消,那么下次就不会再有人赞助我们举办了。"

安西兼子说话的语调怪里怪气——那种感觉像是在自言自语。

然后,安西兼子猛然醒悟过来一样:"哎呀,第二幕大概已经开始了吧?我们还是回包厢去吧。"她催促着冈田太太说道。

"开场之前会有通知的,放心好了。"冈田太太用稍显生涩的日语说道。

"可是,我还是先去仔细看看介绍手册吧,毕竟我对歌剧还不是很熟悉。"安西兼子率先迈出了脚步。

冈田太太稍稍犹豫了一下,说道:"那就过会儿见了,玛丽。"

冲真理点了点头，冈田太太也紧追着安西兼子离开。

"感觉有些怪怪的呢。"片山说出了晴美平日的口头禅。

"怎么个怪法儿啊？"石津咬住了他的第三个三明治——那三明治很小，感觉倒也还说不上咬，就只能说是扔进嘴里。

"她不是因为找不到柳美知子有些担心才飞到维也纳来的吗？来了之后，却又悠闲地跑来看歌剧。"

"是吧？是有些奇怪吧？"晴美得意地捅了捅哥哥。

"你得意个什么劲儿啊？"

就在这时，铃声响了起来。

"啊，似乎真的要开演了啊。"真理说道。

几人三三两两地回到了包厢。

"所有的包厢构造都一样的话，似乎很容易弄混呢。"片山说道。

"你可别稀里糊涂地冲到别的包厢里去了，"晴美瞪了片山一眼，"不过，要是你进错包厢，结果发现里边正在上演精彩的男女情爱戏的话，你可记得一定要来叫我。"

凑热闹的本性能够发挥到这种地步，也算是小有成就了。

"福尔摩斯到底上哪儿去了啊？"片山四处张望了一番。

"喵——"仿佛是在回答片山一样，脚边传来了一声猫叫。

"啊,这猫真是够聪明呢,"真理笑道,"还跑到我们所在的包厢门口来等着我们呢。"

旁边一位开心地面对福尔摩斯说话的老者站起身来。

老者穿着制服,负责为附近几间包厢的观众带路。

老者没有左手,似乎已经很老了。

"他也兜售宣传册,借此赚些小钱。"真理解释道。

或许是因为买下宣传册时多给了些小费的缘故,老者笑容可掬地和真理交谈了几句。

"他是在夸奖这猫挺聪明的。"

"肯定是福尔摩斯自己找到这里来的。"片山笑着说道。

众人走进了包厢。场内的灯光已经变暗,包厢席里的光线也变得黯淡起来。

如果不让眼睛稍微适应一下环境,随时都可能撞到左手边的衣帽架。说起来,包厢里的衣帽架并不像日本那种放置在玄关口的小型衣帽架,而是牢牢地安装在墙上,而且很大,碰到头的话,应该挺痛的。

"啊,抱歉。"

石津不留神碰到了晴美的外套,赶忙道歉。

"那老头儿大概是在战争中失去左手的吧?"真理说道。

"嗯，的确，从年纪上来看，战争期间，他应该恰巧是服兵役的年纪。"

"欧洲这边，因为建筑物都很古旧，所以战争留下的伤痕至今历历在目。"

"在日本的话，基本上已经看不到了呢，"晴美点头道，"其实我是在战后出生的。"

"说的就像我不是战后出生的一样。"片山强调道。

掌声响起，指挥走进了乐池中。

第二幕终于开场了。

2

匆忙的脚步声响起。

大厅中传出的微弱乐声回响在空无一人的门厅里,像是远山的回声。

歌剧上演时,门厅里几乎看不到任何人影。

一名女子气喘吁吁地奔走着。

走下楼梯,绕过大理石粗壮的柱子,女子骤然停下了脚步——那里似乎有人站立着。

女子缓缓回头,是月崎弥生。

"啊——安西老师,"弥生一脸惊异地说道,"您这么急匆匆是要上哪儿去啊?"

"弥生……"安西兼子像是在努力压制着胸口的痛苦,不断地深呼吸。

"嗯,这么说来,"弥生说道,"安西老师您也是要到三号包厢去见柳美知子?"

"弥生……"安西兼子两眼直视着弥生,"你这话是什么意思?"

"柳美知子啊。"弥生挑战般地微微笑着。

"这么说……柳美知子就在三号包厢里?"

"现在已经不在了,"弥生摇了摇头,"我刚才进去看过的,里边空无一人。那包厢大概是被人包下来了吧。"

安西兼子怔怔地盯着弥生看了好一阵。不久,她像是彻底泄了气,无力地靠在了柱子上。

"坐下吧。"弥生催促道,她的口气也已经缓和了几分。

挂在墙上的尼古拉肖像画——并非那位俄国的沙皇,而是那位创立了维也纳爱乐乐团的作曲家奥托·尼古拉——下方,放着一张古旧的沙发。弥生和安西兼子并排坐在了沙发上。

"真是够辛苦的,"弥生看着一直紧闭着双眼的安西兼子,说道,"都一把年纪了,还大老远飞到维也纳来,抵达的当晚就跑来看歌剧,您简直就是胡来。"

"反正也时间不多了。"安西兼子的脸上露出了疲倦的笑容。

"老师您可是会长命百岁的哦——一旦坐上了权力的宝座,人是会变得长寿的。"

"权力?"兼子苦笑了一下,"什么权力?我顶多也就是被几百个徒弟称作老师罢了。"

"但是啊,老师,对音乐家来说,只有那个世界才是属于自己的世界。世间绝大部分人都对那场比赛毫无兴趣。但是对我来说,那场比赛却很不一样。"

"我知道,"兼子叹了口气,"我也觉得有些对不起你。"

"那可真是感谢您了。"弥生讽刺地说道。

"弥生,"兼子扭头看着弥生,"你为什么到维也纳来?"

"因为我心情很糟。"

"仅此而已?"

"仅此而已……不是仅此而已还能怎样呢?"弥生靠到了沙发背上,抬头仰望着高高的天花板,"这是什么咏叹调啊?"

"果然,你也——"

"当然。因为我想看看柳美知子——这也是理所当然的吧?她直接从我手里抢走了第一名。我就想看看她没戴面罩的长相。"

"但是,你可以在她举办纪念演奏会的时候来啊。"

弥生似乎吃了一惊,她扭头看着兼子:"这又有什么不可以的?反正待在日本也没什么有意思的事。即便去见朋友,对方也只会说'真是遗憾'之类的话,说的时候还一脸幸灾乐祸的表情。我可受不了这种窝囊气。"

"那是你……"

"我可没闹脾气。我知道就没人把我当好人,因为我是安西老师的爱徒……即便拿了第一,最后也会被人这么说。"

"这是个讲究实力的世界。那些风凉话,你就当耳边风吧。"

"我知道,但我心里的懊丧无法排解,"弥生稍稍顿了顿,"因为从一开始学《拜尔钢琴教程》时就一直跟着安西老师您,所以这也是没办法的。"

"那是因为我和你父亲是旧识。"

"但其他人却都不知道这事。那孩子很受安西老师的眷顾——自小开始,人们就一直这么说我。"

"事实上,你确实是个与众不同的优秀学徒。"

"我自己也曾这么认为——这种想法,一直保持到我参加那次大赛之前。"

兼子摇了摇头:"没办法的啊。你应该也听到了吧?柳美知子的钢琴确实比你弹得好啊。"

"那就干脆别让她弹,"弥生说道,"从一开始就不应该认可她那种做法。"

"我也没想到她竟然会弹得那么好。先前用录音带审查的时候,根本就没法听出来……"

弥生两眼盯着正面的柱子:"其实我早就知道。"

"知道什么?"

"评委们的票数不相上下。柳美知子虽然弹得不错,但仍有人觉得,她那模样出场根本就是对音乐的失礼。"

"你从哪儿听说的?"

"当时我和柳美知子的票数各占一半,而最后决定胜负归属的一票,就是老师您投下的。"

安西兼子阴沉着脸,说道:"是吉永跟你说的吧?居然把审查的结果说出去!"

弥生微微一笑:"吉永和我爸爸的关系很好的。"

"是啊。"

"我说,老师。"

"什么?"

"要是她——柳美知子一直没有出现,那该怎么办呢?"

兼子摇了摇头:"那就没办法了。应该只能取消吧!"

"真的这么做吗?这场比赛不是花了不少钱吗?"

"除此之外,还能有什么办法?"

"那就让我来做第一名。"

"弥生——"

"柳美知子在报名参赛时就有问题，这导致她失去了参赛资格。如此一来，第一名就是我的。我也能在维也纳人面前展现出毫不丢人的演奏。"

"这种事，我做不出来。"

"是吗？"弥生两眼盯着安西兼子，"这点小事，您又何必拒绝我，老师？"

尽管弥生的措辞很有礼貌，但语调中暗藏着一种威逼。

真了不得，竟然敢威逼自己的老师。

片山暗自嘟哝了一句。

片山躲在楼梯半道的柱子背后，半带俯视地看着下边的月崎弥生和安西兼子。

虽然片山不大喜欢站着偷听他人谈话，但因为现在他半蹲着，所以只能算是"蹲听"吧。

如果片山是凭借自己的推理到这里来的，那么众人或许不得不承认他有所成长。但令人遗憾的是，此时福尔摩斯也蜷缩在片山的脚边。

——歌剧演到第二幕，众人对音乐的有限兴趣化为了倦意，片山不由得打起了盹。就在这时，片山感觉有人轻轻地捅了捅自己。

是福尔摩斯。片山猛然一看，发现林已经不在座位上。

坐在林旁边的石津已经彻底睡着，即便把他叫醒，问他林什么时候离开、离开之后上哪儿去了这些问题，估计也是白费心机。

片山尽可能地不打搅仍沉浸在音乐中的真理和晴美，悄悄地离开了包厢。到处都找不到林——当然不排除林其实只是离席如厕的可能性，但……

这时候，福尔摩斯喵地叫了一声，片山回想起来刚才幕间休息的时候，月崎弥生曾经邀约过片山，让片山到她所在的包厢去一趟。

因此片山觉得还是去看一下比较好，于是就来到了这里，结果却听到了弥生和安西兼子之间的这番对话。

但从现在的情形来看，柳美知子应该是同时邀约了弥生和安西兼子两人到包厢去。为什么她们俩都没说出这事呢？弥生把林叫到了三号包厢去。但是，弥生自己的座位应该不在三号包厢里才对。

实在是让人感觉有些蹊跷——弥生和安西兼子刚才的那番对话，也实在不像是老师和学生之间的对话。

虽然片山能理解弥生的不满，但在面对弥生的时候，安西兼子表现得太过弱势了。

奇怪了……片山总觉得有些不大对劲。弥生的那种语调……

说不定,弥生手里捏着安西兼子的什么把柄。

这一点姑且不论——话说林到底跑哪儿去了?

片山一直保持着半蹲的姿势,他终于感觉有些疲累,往后稍稍退了一些。

"有人。"

弥生似乎觉察到了片山的动作。片山不由得一愣。果然,音乐家的耳朵确实够灵。

"是林先生吗?"

就在片山不知该怎么办的时候,福尔摩斯心领神会,缓步往前走了几步,喵地叫了一声。

"啊,是猫吗?"安西兼子柔声说道,"居然会跑到这种地方来,真够少见的。"

"那个,这猫是一个叫片山的人养的,"弥生冲着福尔摩斯说道,"来,来——你看起来挺聪明的,比你的主人聪明多了。"

听到这话,片山本想冲出去抗议一番,最后还是强忍住了内心的冲动。趁着福尔摩斯分散弥生注意力的当口儿,片山轻轻往后挪动,上了楼梯。

"哎呀呀。"总算没事了。片山站起身来舒了口气。

说不定林已经回到先前的包厢里去了,要不回去看看吧。

就在片山准备迈步离开的时候,"那个——"突然,有人用日语叫住了他。

当然了,如果对方说的是英语或者德语,片山估计是分不清对方是不是在叫自己的。

"啊?"片山回过头去,"叫我吗?"

"对。"

是个女孩子……嗯?这女孩好像在哪儿见过啊?片山心中暗忖道。

真是的,自己的记忆力怎么会衰退成这副德行?明明没那么老。

那是一个身穿牛仔裤、年纪约莫十六七岁的女孩。从女孩的脸型来看,一眼就能看出她有一部分日本血统。

"抱歉,我的同伴有点不舒服——能请您来帮个忙吗?"女孩的日语说得很好。

"嗯,行啊。"

只要有人开口恳求,片山就无法拒绝别人,除了相亲的时候。

"抱歉,我的同伴在下边。"少女率先迈步走了下去,楼梯并非刚才片山爬上来的那道。

"我们是不是在哪儿见过？"片山问道。

"是吗？这里是观光胜地，说不定曾经……"

"说的也是。你住在这里吗？"

"你是问我是不是住在维也纳？是啊。"

"你的日语说得挺不错呢。"

"因为我爸是日本人。"

"原来如此。既然这样，那你到日本去应该也没什么问题。"

"是吗？"少女一脸羞涩地说，"啊，就在这边。"

站席外的门厅长椅上，一个身材魁梧的男子——不，虽然看起来应该很年轻，但因为身材健硕，感觉挺成熟的。

"他是我朋友，"少女说道，"看了一阵歌剧，他就说感觉有些不舒服。"

看个歌剧也会这样？片山心想，顶多只是觉得有些犯困才对啊！

"那……扶好我。"片山刚刚朝那男子蹲下身躯，立刻感觉有什么硬邦邦的东西顶住了自己的肚子。

"嗯？"

"别吵。"少女的态度突然一变，沉着嗓子说道。

"这可是真家伙哦。"

"你说什么?"

"安静点儿!还想要命的话,就乖乖照我说的去做。"

片山不由得开始怀疑自己是不是在做梦。

"可是……"

"闭嘴!和我们一起到外边去。"

这是真的吗?片山心想。

果然是歌剧中毒了……

"我说,你们这是要闹哪样啊?"

片山的缺点之一就是每次遇到紧急关头的时候,他的思维都会慢一拍。

或许这是他那种容易相信人的性格造成的。

"我们是来真的!你要是再多话就杀了你。"

少女的声音中透着一丝杀意。不管再怎么迟钝,片山这时候也知道自己只能照着对方说的去做。

"到出口去……动作轻点儿。"

被男子用枪顶着侧腹,即便想轻点儿也没法做到。

福尔摩斯那家伙,这时候它应该伴随着主旋律登场啊?片山心想。但令人遗憾的是,福尔摩斯和片山之间并没有任何心灵感应。

话说回来——这到底是怎么一回事？

客观来看应该就是一场绑架，但是所谓绑架，应该存在某种目的才对。如此说来……

片山扪心自问，自己是这么重要的人吗？当然了，对妹妹和福尔摩斯来说，自己应该还是很重要的吧，片山坚信。

但自己并不是对其他人重要的人啊？

"我说，你们是不是认错人了？我叫片山……"

"你要再啰唆，我真要开枪了。"

片山暗自叹了口气。三人来到通向出口的大楼梯前。

为什么躺着也中枪的人每次都是我？老天爷，拜托能不能别总这么眷顾我？

照这样下去，事态迟早会发展到"片山的身影消失在维也纳的夜色中"那一步不可。虽然听起来似乎挺浪漫，但消失的本人却一点都浪漫不起来。

片山一步走下楼梯，和身后的魁梧男子稍稍错开了一步距离，藏在运动衫下的手枪，一瞬间显露了出来。

就在这时，一个男子的声音响起，三人停下脚步。片山发现先前那个站在包厢门口的独臂老者就站在三人面前。

歌剧上演的时候,老者没什么事做,估计此时他只是在周围闲晃。老者身材矮小,制服的颜色又很朴素,所以三个人完全没有留意到。

听到叫声,男子一愣,手枪彻底暴露出来。老者满面通红,向三人冲过来。

"危险!"片山忍不住出声提醒。

但是,独臂老者却出乎意料地身手敏捷,用仅有的右臂打掉了男子手里的枪。

片山见状不由得大吃一惊。这老者大概练过空手道吧?

不管怎么说,对方也是个年轻有力、身材魁梧的男子。男子猛吼一声,把老者推到一旁。

"喂,住手!"片山虽然叫了一声,但为时已晚。

老者顺着楼梯滚了下去,但这一推也让男子全身的平衡彻底失去。

"约翰!"少女惊叫了一声。

男子紧跟着老者一同滚下了楼梯。

楼下的保安大吃一惊,全都赶过来。立刻,三四名保安来到了两人的身旁。

片山回想起那支掉落的手枪,赶忙回头看,却发现有人已经用枪口顶住了自己的脑袋——少女双手握枪，枪口正指着片山。

"放弃吧，"片山说道，"你们已经出不去了！"

少女的身子不住地颤抖。看样子，这场意外让她吃惊不小。

"回去！到里边去！快点儿！"

"知道了，我知道了。"片山赶忙朝里走去。再没有什么比这种迁怒的人更危险，说不定她会什么都不想就扣下扳机。

不，即便她不想这么做，她那颤抖的手说不定什么时候会不留神扣到扳机。就算开枪者并不打算要人命，子弹也不会体谅开枪者的心情。

"给我老实点儿！你要敢耍小心眼，我就真的开枪。"

"你要让我去哪儿？"片山问道。

"烦死了！总之你给我快走！"少女的情绪很激动。现在只能乖乖地听命于她。

两人走上楼梯，向着先前的包厢走去——这种时候，应该会遇到其他人吧。

估计现在就连少女自己也不知道该怎么办才好。而且，感觉她对这个剧场也不是很熟悉，只是一味地往楼上走去。

就在这时，真理出现了："我还在想你上哪儿去了，到处找你……"

"别过来!"片山出声制止了真理。

"别动!"少女歇斯底里地叫了一声,用手枪指了指片山,"你敢过来的话,我就一枪打死他!不许动!"

真理一脸愕然地愣在了原地。

"照我说的去做,"片山说道,"回去找晴美他们……"

"你要敢动,我就开枪了!"少女突然一愣——楼梯下方,传来了一阵急促的脚步声。

"到那边去!"少女指了指包厢席房门并排的方向,"我叫你到那边去!"

"我知道了。"片山顺从地迈开了脚步。

"找个空包厢,进里边去!"

"你也别强人所难啊,我怎么知道哪间包厢是空的。"

"那就去找!"

左侧的三号——对啊,那包厢就是刚才安西兼子和月崎弥生对话时提到的地方。如此说来,现在三号包厢里应该空无一人吧。

"这间应该是空的。"

片山站在三号包厢的门口说道。

"那你就进去!"

真理追了上来："片山先生——"

"你要再敢过来，我就开枪打死他！"少女的脸上泛着油汗的光芒，"待在那里别动——听到没有？"

"我知道了，"真理虽然脸色铁青，但她的语调依旧很镇定，"我该怎么做呢？"

"拿钱来。"

"钱？"

"把你们身上带的钱全拿出来！听懂没有？要是不想让这家伙死掉的话……"

"知道了，知道了，"真理点头道，"在三号包厢里是吧？我去拿钱来，你可别杀他。"

"快点儿！"

真理看了看片山。片山冲着真理点了点头。

真理立刻三步并作两步地走开。

"进去。"少女说道。

片山打开了三号包厢的门。

此时，舞台上正在上演歌剧的第二幕。走进包厢之后，片山扭头看着少女。

"你要是敢乱来，我就开枪。"少女背着手关上了门。

"我知道。声音小点儿。"片山说道。

"你说什么?"

"现在观众们都在听音乐呢。要是吵吵个不停,你自己也逃不掉的。"片山低声说道。

"好。总而言之,那女的没拿钱来,我是不会离开的。"

片山发现,少女的眼睛稍微瞥了下旁边。

尽管如此,要是突然扑过去也太过危险——片山顺着她的目光看去。一看之下,片山不由得心想:糟糕。

片山原本以为这间包厢是空的,但没想到里边竟然还坐着一名观众。不知为何,那人坐在包厢的最深处。

大概是睡着了的缘故吧,那名观众的身子有些倾斜。

片山本来是不愿意把其他的观众卷入其中的……

"咦?那观众……"

"在睡觉?"少女低声说道。

"似乎是呢。"片山轻轻地凑了过去——果然啊。

是林。月崎弥生和安西兼子约好在这里和柳美知子——也就是水科礼子见面。然后,林也来了。

但他为什么会睡着呢?

片山再凑近些,窥视了一下林的脸。之后,片山睁大了眼睛。莫非……

"怎么了啊？"少女问道。

片山稍稍离开椅子两步，说道："他……已经死了。"

"你说什么？"少女稍稍顿了顿，反问道，"怎么回事啊？"

让人觉得不可思议的是，即便被人用枪顶在背上，即便眼前出现了尸体，片山都没有感觉到恐惧。

虽然不知道是否能在心理学上说通，但人世间的事，有时候也确实会出现负负得正的现象。

"死了？"少女睁大了眼睛，"真的？"

"彻底瘫软，一动不动……"

片山依旧在寻思着林为什么会到这里来。

"这人是谁？"少女问道。

"是个日本人，和我们住同一家宾馆，但也算不上同伴。"

片山的目光突然停留在了衣帽架上。因为包厢里很暗，如果刚从门厅进到包厢里，虽然座位一侧是明亮的，但一时之间，入口附近很难看清。

那件外套，不是林的。

那是一件女式的毛皮长外套。外套看上去感觉柔软豪华，且长得就像是要耷拉到地上去。

少女也看了看那件外套,说道:"这外套挺不错的啊,感觉应该挺贵的吧。"

"我说,"片山说道,"你们真的是为了钱,才来绑架我的吗?"

"你以为我跟你开玩笑?"

"不,我知道你们是认真的。但是……"就在片山的话刚说到一半的时候,林突然呻吟了一声,重重地舒了口气。

片山当场愣住……

"原来是睡着了啊……"他喃喃道。

3

"真是的,到底跑哪儿去了!"晴美叹息着说道。

晴美并非歌剧通。别说歌剧,就连她听过的古典音乐,都是从电视广告上听来的……

"这不是《波莱罗》吗?"

她对音乐的理解,也就只是这样的程度。

但是,在这样的剧场里,在这样的包厢里,和在四叠半的公寓里听到的录音机喇叭里传出的音乐感觉完全不同。

要是感觉对音乐有点厌倦,观众们完全可以看看舞台上的装饰,看管弦乐团,再或者看其他的包厢。光是那些装饰,就已经让人百看不厌了。

但是,不知何时,林、片山和福尔摩斯三人的身影从这间包厢里消失了。

真理似乎也有些在意:"说不定是在哪儿迷路,正不知所措呢。我去找找看吧。"

她低声跟晴美说了一句,之后便离开了包厢。

晴美继续盯着舞台看了一阵,但这种事,一旦开始担心,就再也没法安心。

对。如果只是片山一个人,那么即便迷路了也无所谓,可眼下却连福尔摩斯也没有回包厢,这一点实在让人放心不下。当然了,在这种地方,应该也不会发生什么事……

但是,眼下这里却聚齐了月崎弥生、安西兼子、林,还有冈田太太……这些和柳美知子有关的人,全都聚集到了这里。说句实话,无法保证真的什么事都不会发生。

不管今晚的歌剧如何精彩,这些人一起出现在这里。这样的事,难道真的只是巧合?

一旦有了这种猜测,就会开始怀疑事情背后必定有什么隐情。这是晴美个人的一种恶习。

晴美感觉坐立不安,也离开了包厢。包厢里最后只剩下正呼呼大睡的石津,沉浸在这高级的歌剧催眠曲中,酣睡不醒。

晴美向着楼梯走去。

"喵——"只听福尔摩斯叫了一声。

"哎,怎么了?你到底上哪儿去了啊?"

福尔摩斯悠闲地迈步走过来。晴美蹲下身去,轻轻地抚摸了一下福尔摩斯的额头。

"我哥他们上哪儿去了？你看到没？"

福尔摩斯喵地叫了一声，便把头扭向一旁，似乎在说："我又不是专门为你照看他的。"

"话虽这么说……"晴美依然自说自话。

"啊，你跑这里来了啊？"身后传来说话声。晴美扭头一看，只见月崎弥生正冲着自己走来。

"啊，你也在找福尔摩斯啊？"

"它叫'福尔摩斯'吗？真是只有意思的猫，"弥生微笑道，"总感觉有些怪怪的呢，就像是人心都被这猫彻底看穿了一样。"

"这猫是挺特别的，"晴美轻轻地抱起了福尔摩斯，"话说回来，你有没有看到我哥？"

"你哥？没看到啊，"弥生摇了摇头，"刚才幕间休息的时候还见过他。"

"他在演奏的中途离开了，之后再也没有回包厢，"晴美说道，"也不知是上哪儿去了。"

"他是不是不大喜欢歌剧？"弥生问道。

"他那人什么都不喜欢，"晴美轻描淡写地说道，"尤其是女性和尸体。"

"尸体？"弥生皱起了眉头，"此话怎讲？莫非他是为人办丧事的？"

"不是，"晴美笑了笑，"我哥是刑警。"

"刑警……难道是巡警？"弥生睁圆了眼睛，"咦？真看不出来。"

"他自己也知道他看起来不像警察。"

晴美突然感觉福尔摩斯在自己怀中挣扎。

"怎么了？"她把福尔摩斯放到了地上。就在这时，真理脚步匆匆地冲上了楼梯。

"怎么了？莫非是我哥他误闯了其他的包厢？"

真理不住地喘着粗气："有个女的……"

"有个女的？"

"把片山先生拽进了包厢……"

"我哥？"

"那女的用手枪指着他，还让我拿钱去赎片山先生。"

"手枪？"晴美眨了眨眼。看样子，似乎有些棘手呢。

"我说，这到底是怎么一回事啊？"

"我也不是很清楚，"真理摇了摇头，"只不过，那女孩似乎是个混血儿，穿着牛仔裤，看起来挺年轻，估计年纪也就十六七岁吧。总而言之，那女孩用手枪指着片山先生，让我把所有的钱都拿出来。又说如果我们不照办，片山先生就没命了……"

"我哥他怎么这样啊！"

晴美根本不顾片山的安危，反而自顾自地发起了火。马上就要奔三的人了，而且还是堂堂警视厅搜查一课的刑警，居然会让一个十六七岁的小女孩绑架！

"真是丢人丢到家了。这样子让我怎么安心嫁人！"

晴美的怒火让人感觉有些莫名其妙。

"话说回来，要是片山先生有个三长两短……"相较之下，反而是真理更担心片山的安危。

"没事，他死不了！这一点一直让人感觉遗憾。"晴美小声地补充了一句。

"怎么办呢？要不我们报警吧？片山先生万一……"真理的话刚说到一半。

"片山他怎么了？"几人身后突然传来了说话声。

"啊，栗原先生。"

栗原打着呵欠，悠闲地走了过来。

"嗯，歌剧这东西虽然不错，但一直这么看，倒也挺累人的。坐在包厢里有点犯困，所以我就跑出来散个步……发生什么事了？"

"我哥似乎让人绑架了。"

"哦？那倒挺可怜的，"栗原丝毫不以为意，"这么说，罪犯是福尔摩斯发现的吧？"

真理一脸哭相地说："怎么会这样！你们在这里悠闲说话的时候，片山先生随时会被人给杀掉啊！"

"喂，怎么，这事是真的？"栗原睁圆了眼睛。听完真理的描述，栗原脸上泛起了红晕。他目光闪烁，立刻变成了另外一副模样。

"好！赌上日本警察的名声，安全救出片山！"栗原握紧了双拳，"出发！"

但刚走出两步去，他又回头说道："片山现在人在哪里？"

"下边一楼的三号包厢里。"真理说道。

"你说什么？"听到这话，呆呆地看着众人的弥生突然叫出声来。

"弥生小姐。你知道那包厢在哪儿？"

"不。只不过，那包厢离我所在的包厢挺近的。"听到晴美的询问,弥生连忙解释道。

"话说回来,对方到底是怎么想的?既然目的是要钱,怎么会选择片山做目标?"栗原不解地说道,"但是,既然他被人监禁起来就必须得想想办法。"

"总而言之,要是不带些钱过去……"真理说道,"但是,这么着急,我们到哪儿找钱去啊?"

"要是能回趟宾馆,我倒还能拿出一些来,"晴美说道,"只不过,其中的大部分都是旅行支票。"

"呀——"这声音并非惨叫,而是福尔摩斯在几人脚边发出的焦躁不安的叫声。

"嗯,也对,"晴美一怔,"也不一定非要拿真钱出来。"

"对啊,"栗原点头,"我们就用在日本遇到类似案件时的办法去处理就好了。喂,那大块头呢?"

"您是说石津?他在包厢里睡觉呢。"

"去把他叫醒吧。不管怎么说,他也还是有一身蛮力的。"

晴美急匆匆地回到包厢里,摇醒了正在不断打呼的石津。

"嗯?歌剧结束了吗?"石津摇了摇头,站起身叫了一声。

"棒极了——"

晴美的脸色变得铁青。但幸运的是,此时第二幕的间奏曲恰巧结束,观众席上响起了雷鸣般的掌声。指挥向着包厢里那名率先站起身来的日本人微微一笑,点头致意。

晴美连忙把石津拽出了包厢……

"结束了?"少女问道。

"不清楚啊……"片山扭头看了看林。他本以为观众们的掌声会吵醒林,但林丝毫没有要醒来的迹象。

掌声经久不息,少女一脸不安。

歌剧结束之后,估计会有人进入这包厢里吧?至少,那件毛皮外套的主人应该会回来。

同时面对两三个人的时候,少女是无法冷静地应对的,因为她还不习惯这样的事态,片山心想。

"我说……"

听到片山开口说话,少女一愣。

"别动!"她用双手握紧了手枪。

少女已经全身是汗。片山心中不但没有觉得害怕,反而同情起眼前的这名少女。

"没事,我不动,"片山坐到地上,背脊靠在隔开相邻包厢的墙上,"歌剧似乎还在继续啊!"

音乐响起。

"这歌剧到底有几幕？"少女问道。

"不知道啊。"片山摇头道。

"你不是因为喜欢歌剧才到这里来的吗？"

"这是我头一次听，也是我头一次看歌剧，"片山实话实说，"你真的是为了钱才绑架我？"

"这事用不着你管。"

"是吗？"片山终于回想起来，"对了，先前我在圣斯德望主教座堂里见到过你，怪不得总觉得眼熟。"

"没错。当时你跟我说你住在帝国酒店，所以我想你应该挺有钱。"

"真是抱歉了，"片山摇头道，"你失算了。"

"你说什么？"

"那是因为有人请我帮忙办事，就把那酒店的费用当成谢礼，所以我才会住到那里去。让我自己掏钱的话，我是住不起那酒店的。我只是个穷酸警察罢了。"

少女突然睁大了眼睛。"警察？"

"对。我是刑警。"

"是吗？"少女瞪着片山说道，"你这话算是说对了。"

"怎么?"

"我生平最讨厌的人就是警察。"少女的话语当中,蕴藏着深深的恨意。

"是吗?你是住在维也纳吧?我是日本的……"

"不管哪里的警察,全都一样。"

"这么说来,维也纳的警察的薪水应该和日本警察一样少吧?"片山沉稳地说道,"我说,我不会害你,你还是把那手枪扔掉吧。"

"痴心妄想。"

"你逃不掉的。你的同伴已经被抓住了。眼下,警察大概正在到处搜寻你。就算你能从我这里捞到些钱,之后你怎么离开这里呢?"

"用不着你管。"

"你现在大概只有十六七岁吧?"

"十七。"

"挺年轻的,虽然我不知道你弄钱来想做什么,但就这样把大好的青春浪费掉的话……"

"已经晚了,"少女扭曲着脸笑道,"太晚了。"

"太晚?"片山盯着少女说道,"你叫什么名字?"

"莉莎。"少女说道。

"莉莎啊……你爸是日本人?"

"对。但现在我也不管什么日本人奥地利人,反正我只是个不良少女。"

"不良少女……刚才和你一起的那大块头是你男朋友?"

"你说约翰?不是。他是个好人,他是我哥唯一的朋友。"

"你还有个哥哥?"

"够了。别再废话了。"

这时候,房门突然被人敲响。少女一愣。

"你给我老实待着!"

"知道了。"

片山坐在地上,点了点头。

少女轻轻地挪到房门旁。敲门声再次响起。

"谁?"少女隔着房门问道。

"我叫片山晴美,就是里边那个片山的妹妹。我把能筹到的钱全都带来了。"

晴美那家伙……她到底想干什么?

片山知道晴美是无法筹集到什么大钱的。

"有多少?"莉莎问道。

"我也不清楚。毕竟这些钱都是临时筹集到的,而且袋子里还装了些宝石和值钱的东西。"

宝石?片山吃了一惊。那家伙把宝石拿出来了?

"你稍微打开一点房门,把东西塞进来,"莉莎说道,"只开一条细缝,听到没有?"

"我知道了。"

"你们要是敢胡来,我就一枪打死这人。"

"我们什么都不会做,你可别杀我哥。求你了。"晴美的声音里带着一丝哭腔。片山的心里稍稍有些感动——好家伙,果然是我妹妹!

"好了,把袋子塞进来。"莉莎从房门旁退开一步。房门打开了一条缝,从外边塞进一只布袋。那只布袋鼓鼓囊囊的,感觉挺沉。

里边到底装了什么?要是立刻就能被对方看出问题来的话,反而更危险。

"关门。"莉莎说完之后,房门便关上了。

莉莎小心翼翼地走近布袋,伸手把布袋拽到自己跟前。

莉莎用双手打开了布袋——就在这时,"喵!"福尔摩斯突然从布袋里跳了出来。

"呀！"莉莎惊得往后倒去，而那支手枪也从她的手里弹飞，滑到了座位下。

与此同时，房门突然打开，石津从门口冲了进来。但是，因为包厢里光线昏暗，所以石津没能立刻看清莉莎。他一个箭步冲进包厢，之后便停下了脚步。

莉莎站起身来向外边冲去。

"站住！"是栗原的声音。

"不好。"石津也终于明白了此刻的状况。他赶忙回过身向着莉莎的背影追去。片山也站起身来，紧跟着石津冲出了包厢。

莉莎甩开栗原沿着楼梯冲了下去。

"哇——"栗原被莉莎突然撞开，重重地摔了一跤，"别让她跑了。"

石津紧紧追在莉莎的身后。

"晴美！"片山本打算一把抱住妹妹，但晴美却冷漠地瞪着哥哥。

"搞什么啊，居然被这么个小妞给要挟了！真够丢人的！"

"可是——"

"你还不快追！"

晴美就像是随时可能一脚踹上来。

"我知道了。喂,福尔摩斯,走吧。"

福尔摩斯轻盈的脚步和片山沉重的脚步在楼梯上响起。片山突然想起了什么。

"喂,晴美!林还在包厢里呢!你去把他叫醒吧!"

"林?"晴美看着片山和福尔摩斯冲下楼梯,喃喃道,"林怎么会跑到那里去的?"

就在这时,真理冲了过来。

"没事。行动顺利。"

"太好了!"

比起片山的亲妹妹,真理反而更为片山担心。

"刚才那姑娘感觉只是个小孩啊?"栗原站起身来,拍着屁股说道,"维也纳真是不大太平啊。"

敞开着的三号包厢的门内传来管弦乐的强大声浪。紧接着,"棒极了——"的声音和掌声响彻全场。

"看样子,歌剧似乎已经结束了呢。"真理说道。

"啊,林还在里边,"晴美探头往包厢里看了看,"林先生?"

包厢里空空如也,一个人也没有。座位上也全都空着。

"什么嘛,根本就没人嘛,"晴美喃喃道,"哥他不会是睡糊涂了吧？"

以防万一，晴美还是走进包厢里看了看。突然，她感觉自己的脚似乎踢到了什么东西。

晴美低头一看，是一把手枪——是那女孩落下的。

真够乱的呢……晴美蹲下身去，捡起了那把手枪。

突然间，她皱起了眉头——这枪上散发着火药的气味。只要把枪口凑近鼻子，就能闻到很浓的火药味。晴美轻轻用指尖碰了碰枪口，吃了一惊。

"好烫！"

有人开过枪！但是是谁开的枪？什么时候开的枪？

就在这时，真理走进了包厢里。

"晴美小姐，这是……"

"枪掉在地上。似乎有人刚刚开过枪。"

"可我没听到枪声啊，"真理说道，"好奇怪。观众席那边似乎也吵吵嚷嚷的。"

"怎么了？"栗原也走了进来。

"下边的情形似乎有些不大对劲。"

真理走到包厢的扶手旁看着下边的观众席。

"啊，快看那边！"真理突然高声叫道。

下边传来了惨叫声。晴美睁大了眼睛——大概有人摔下去了,只见一个男子正头下脚上地倒在观众席上。

"莫非……"真理说道,"不会就是林吧?从这里摔了下去?"

"死了?"栗原也凑到扶手边,和两人并肩往下望去。

"那手枪是……"栗原看着晴美说道。

"是掉落在这里的。但是……"晴美终于明白了,说不定,林是被人用手枪打中之后才摔下去的。

"呀!"晴美连忙丢开了那把手枪。

或许这是一把很容易走火的枪。手枪掉到地上,砰的一声射出了子弹。

"哇!"栗原跳了起来。

虽然子弹没有打中任何人,但下边也已乱作一团。

惨叫声响起的同时,观众们纷纷向出口蜂拥而去——历史悠久的维也纳国立歌剧院里,出现了巨大的混乱……

第三幕

冰冷的手

1

"好了!"石津威风地说道,"总之还是先吃吧!常言道,心宽之人自有福。"

在这种时候说这样的话,虽然有些不大恰当,但眼下并不是纠结这些问题的时候。总而言之,眼前能有这样一个精神百倍的人在,真是再好不过。

当然了,依旧精神百倍的人,就是石津——不论处在什么时候,只要眼前有吃的,他都能打起精神来。

"喵——"

另一个和平日无异的,就是福尔摩斯。

除了这两个之外,其他的人都……

当然了,这里所说的"其他人",就是片山、晴美、栗原警视和樱井真理四人。他们全都一脸疲惫不堪的模样,即便想要打起精神来,也像是连备用的精神头儿都彻底耗尽了。

这里是维也纳市内最为古老的餐厅之一,名叫"希腊客栈",

已经有五百年的历史了,实在了不得。

虽然餐馆本身也曾进行过几次重修,但据说门口的柱子依旧是开业时的那一根。石津捶了一下拳头,睁圆眼睛说道:

"感觉就跟石柱一样硬呢。"

餐馆本身给人一种平民化的感觉,并没有那种宽敞豪华的氛围,供应的都是德式家常菜,店里的构造也像是破旧的平民家。

歌剧院里的骚动,已经过去了整整一天。

"实在抱歉。"真理低头致歉道。

"真理你不需要道歉。"晴美说道。

"不,要不是我带大伙儿到歌剧院去——"

"你想得太多啦,"片山勉强微笑了一下,"谁都不知道歌剧院里会发生那种事的。"

"就是,"栗原点头道,"而且,这边的警察也大致了解了情况,这事应该安心才对。"

"也怪我疏忽了,"晴美也少见地承认了自己的过失,"当时我居然会把那手枪捡起来……我应该考虑上边会沾上指纹。"

维也纳警方也因为指纹的事,向晴美进行了调查取证。

林当时坐在座位上,手枪子弹穿过了座位的靠背,直接射到了林的体内。林往前倒下的时候,翻过了包厢的扶手,摔到了包厢下边的观众席上。

晴美身边有东京警视厅的课长陪同,维也纳警方调查取证时也较为慎重。依照栗原的建议,维也纳警方也对晴美的手进行了硝烟反应检查。发现晴美手上并没有反应,所以维也纳警方相信了晴美说她只是捡起手枪的说法。

"在这里整天懊丧个不休,也不是个办法。"栗原用开朗的声音说道。

"但是这样一来……"真理低着头说,"案件解决之前,你们就不能离开维也纳了。"

"反正我们也是为了放松才来这里的。是吧,哥?"

"嗯——嗯——说的是。"因为被晴美用手肘捅了一下,片山的身子倒向另一侧,撞到了真理的身上。

"我倒是无所谓,待到啥时都行,"石津喝了一口葡萄酒,"因为这里的东西这么美味!"

真理微笑着擦了擦眼泪:"大家……谢谢你们……"

"哥。"晴美再次捅了捅片山。

"干吗?会痛的啊。"

"这种时候,亲吻真理就是你的任务。"

"亲吻？"片山睁圆了眼睛，"可……可是——这会给人家真理造成麻烦啊！"

"没这回事，是吧？"

真理红着脸低下了头。

"可是……当着众人这么做有伤风化……"

"这里可不是日本。要真这么说，警察还不得在机场和车站到处抓人？"

"是……是吗……不错，为了日本和奥地利的友好。"就连片山也不知道自己在说些什么了。

"没事的，不必勉强，"真理轻轻地碰了一下片山的胳臂，"我很清楚片山先生的性格。"

听到这话，片山心头不由得一紧，要不现在就……就死一次吧！

片山扭头朝向真理，轻轻地亲了一下。那动作就像是风——疾风一般迅捷。

"看样子，你的女性恐惧症好了不少啊？……好了！放开肚皮吃吧，"栗原看了看菜单，"这上边没写日语啊？"

"那当然，"片山笑着冲真理说道，"还得请你来给大伙儿解释一下才行。"

"好!包在我身上!"真理面带红晕地翻开了菜单……一些小事往往能够迅速扭转原本尴尬的气氛。

这也不行,那也不行。众人争执了一番之后,觉得既然来到了维也纳,那么还是得尝尝维也纳炸牛排。

"总算是点好了。"

听到石津松了口气般的话语,众人全都笑了起来。

"真理,"晴美两眼看着身后的墙壁道,"这些签名是怎么回事?"

片山等人所在的是店内深处的包间,从座位后边的墙壁到圆形天花板上,写着数以千计的签名。

"是来过这家店的人留下的签名。因为这家店历史悠久,所以很多作曲家都来过这里……你看,那里不就是海顿的签名吗?还有贝多芬的。虽然现在字迹已经有些模糊,难以看清了。"

"安西兼子有女儿吗?"

"哥,你干吗突然问这个?"晴美说道。

"我也不是很清楚,"真理偏着头说道,"但是,冈田太太先前曾经说过,安西老师一直单身,把一辈子的时间和心血都投入到了音乐上。"

"是吗?只身一人啊……"

片山发现福尔摩斯一直盯着墙上的一处签名看,发现片山正在看自己之后,福尔摩斯轻轻闭上了双眼。

嗯,确实如你所想象的那样,华生。福尔摩斯就是这样一副表情。

如果月崎弥生本来应该叫"安西弥生"——也就是说,她其实是安西兼子的女儿,情况又会如何?

自己在歌剧院的门厅里听到的那番安西兼子和弥生之间的对话,太不像是师徒之间的对话,就像是兼子有什么把柄落到弥生的手里。

如果她们其实是母女关系,那么情况就有所不同了。

弥生从一开始学琴就师从安西兼子,成为兼子的爱徒,让其他人感到嫉妒眼红,这一点也就能够解释清楚了。

而在那场关键的比赛中,身为母亲的兼子居然把决定胜负的一票投给了柳美知子,也就难怪弥生会对母亲怀恨在心。

"呀,真不错啊。"石津开心地叫出声来。

服务生端来的是一份比普通日本餐馆供应分量多一倍且有相当厚度的牛排。

众人暂时把注意力集中到了食物上,再没有人说话。

"第一名!"晴美最先吃光了牛排。

"你这么饿啊?"片山说道。

"我一整天都没吃东西,突然感觉肚子饿了。"

"让人说你什么好。"片山苦笑了一下。

这时候,服务生端着铁盘走来,在晴美的餐盘上放了一块和先前那块大小一样的肉排。

看到晴美不住地眨眼。"这里的规矩是每人两块。"真理说道。

片山原本连一块都搞不定,真理的话让他更吃不下了……

"话说回来,为什么林会被人杀掉?"

吃过饭,众人都在啜饮着咖啡。晴美开口问道:"还有,他为什么要到那间包厢里去?"

"这个……"片山说道,"大概是因为柳美知子会到那间包厢里去。"

"哥!这是怎么回事啊?"晴美突然探出身来。

片山当着众人的面道出了他在绑架案发生前听到的安西兼子和月崎弥生之间的对话。晴美两眼放光:"厉害!我是说福尔摩斯。"

"我知道。"片山不满地说道。

"难怪听到那间包厢的房号之后，弥生吃了一惊呢，"真理点头道，"那，柳美知子到底有没有去呢？"

"这我就不清楚了，只能去问月崎弥生吧。"

"她会不会说实话呢？"

"话说回来，林既然是到那包厢里去见柳美知子，那他为什么会睡着了？"真理说道。

"问题就在这里，"片山叹了口气，"林为什么会睡着？之后又为什么会被人杀掉？"

"子弹是从座位靠背后边射入的，"栗原恢复了往常的模样，"虽然可能消了音，但……"

"但即便如此，枪声还是响起了，"真理说道，"我们之所以都没听到，大概是因为管弦乐团奏响了强音，或者其后满场响起了雷鸣般的掌声……"

"哥。"晴美郑重地叫了一声。

"干吗？我可不想再接受审问。"片山皱着眉头说道。

"当时我不是把福尔摩斯装进袋子，塞到了那间包厢里去吗？你能肯定当时林还没死吗？"

"嗯，这一点我能肯定。"

"如此说来，福尔摩斯从袋子里跳出，石津也冲进了包厢里。"

"但我当时稍微冲过了头。"石津补充道。

"趁着这机会,那个叫莉莎的女孩冲上了走廊……"栗原接过话柄,"我本想抓住她,她却拼命挣扎,甩开我逃走了。我怎么会犯这种错!果然还是不能离开犯罪现场太久。正如平日里所说的——"

"下次再讨论这事,"晴美赶忙说道,"之后石津和哥就去追那个叫莉莎的女孩了。临走的时候,哥你还叫了一声,告诉我林在包厢里。然后,真理就赶来了……"

"这时候,歌剧结束,场内响起了掌声。"

"之后我们两人就进了包厢……当时林已经被子弹打中,摔到下边去了,而手枪就掉落在地上。"

"那么,林到底是什么时候被人打中的?"

听过片山的话,晴美和真理彼此对视了一眼。

"这个……当时我和栗原在走廊上,真理也是这时候赶来的。"

"就算那一枪是在掌声和喝彩声响起的时候开的……那么凶手又上哪儿去了呢?"真理睁圆了眼睛,"当时包厢里没人出来过啊?"

"这不可能，"片山说道，"肯定掩人耳目地逃走了。肯定是。"

"这么说来，包厢的出入口附近确实挺昏暗的。但无论如何，要是有人出来，也应该能看出来啊！"

"是啊，"真理也点了点头，"我和晴美小姐进包厢的时候，里边已经没人了。"

"你是说，凶手彻底消失了？"

"房门对面是扶手，下边则是观众席，"晴美纳闷地偏起了头，"总让人觉得有些奇怪。"

"会不会是跑到隔壁的包厢里去了？"片山说道，"扶手是连通的。想要绕过包厢之间的隔板，并非完全不可能。"

"要是隔壁的包厢里也有观众，那还不闹将起来？"真理补充道，"但这样一来，凶手真的彻底消失了？"

"怎么可能，"片山摇头道，"喂，你的意见呢？"

说着，他低头看了看福尔摩斯。

"当时福尔摩斯也去追那个叫莉莎的女孩了。"

"唔……"栗原摸着下巴说道，"当时我也在走廊上。先是她们两人进包厢，之后我也进去了。这段时间，没有人从包厢里出去过，包厢里也没有其他人。"

片山叹了口气——哎呀呀，难得到维也纳来一趟，结果却又遇到这种奇怪的命案！

拜托，适可而止吧！片山在心中痛苦地高叫着。

2

屋外气候凉爽。

脚步声响彻石头建成的居民家中。

"感觉真不错呢,这种用石头铺成的路。"晴美一边回头看着身后,一边说道。

的确,脚步声确实回响在耳边,而这声音也给人一种身在欧洲的感觉。

"我想起《黑狱亡魂》来了。"栗原说出了和他所出生的年代完全相符的感想。

"要是车子轧到这种石头铺成的路上,可就麻烦了,"真理说道,"整个车都会不停地颠簸……说不定还会搞得车上的人晕车。"

"为什么要用石头来铺?"

"据说用石头来铺路才是最结实、最耐久的。原因挺现实吧?"

嘟嘟嘟，一阵摩托车的引擎声响起——五六辆摩托车猛冲过夜晚的街镇。

"不管哪里的年轻人，都是一样啊。"晴美说道。

"那女孩叫什么来着？"栗原说道，"听说只有十七岁？"

"跑得还真够快的，那家伙。"石津一脸懊丧地说道。

在一场混乱中，石津没能抓住莉莎。

"但听说她也挺可怜的，"晴美看着哥哥的脸说道，"是吧，哥？"

"嗯，是啊。"

莉莎那女孩似乎是一个常驻德国的日本商社职员和他所寄宿的那户人家的寡妇生下的孩子。那个商社职员在日本也有家室，而那个寡妇似乎是明知这些情况还和商社职员发生了关系。

回到日本之后，商社职员得知对方怀上了自己的孩子，但寡妇却瞒着商社职员生下了莉莎。为了抚养自己和前夫生下的儿子马库斯，还有莉莎，寡妇来到维也纳工作，却被日本人驾驶的租用车撞死——因为不习惯在奥地利开车，所以那个日本人开车时一直行驶在最左道上。

"她为什么要那样做？"仍不大清楚情况的真理开口问道。

片山把从警方口中打听到的情况复述了一遍。

"她哥哥马库斯到杂货店里行窃的时候,被警察给发现。当时她哥哥带着一把老式的手枪,虽然只是想要吓唬一下警察,但最终却扣下了扳机……"

"杀了人?"

"没有。但是警察受了重伤,马库斯也被抓住了——他对莉莎来说是世上唯一的亲人,所以莉莎希望能让他受的刑罚减轻一些。"

"这也在情理之中。"

"要做到这一点,就得去找个好律师才行,但那却要花很多钱……"

"所以她才会做出那种事来?"

"结果起到了反作用,"栗原说道,"这样一来,反而让他人对她哥哥更有恶感。"

"就算手里有钱,也未必能请到好律师,"晴美摇头道,"这一点还真够小孩子气啊。"

"结果现在她连同伴也被警方给抓住,彻底束手无策,"片山说道,"怪可怜的……"

"目前警方似乎怀疑是那女孩开枪打死了林。"

听到栗原的话,晴美吃了一惊。

"怎么会？根本就不可能。"

"但是，手枪上却留下了那女孩的指纹。"

"但这真的不可能。"

"话说回来，她甚至连杀害林的动机都没有，"片山也点了点头，"说起来，那女孩也只是偶然闯进那间包厢的。"

栗原耸了耸肩："案件已经全权交给这边的警察去办了。这事可不是我们该插嘴的。"

站在片山的立场上，虽然他不大想插手这些与自己无关的事，但既然已经发展到了这一步，他无法摆出一副事不关己的模样。

而且，每次回想起当时莉莎在包厢里两手紧握着手枪、额头上满是汗水的模样，即便遭到了她的绑架，片山也无法对她的行为感到生气……

"话说回来……"晴美说道，"林为什么会被人杀掉呢？"

这确实是个问题。

凶手是怎样开枪，然后又怎样消失的，这些当然都是问题，但首先必须弄清的，是林被人杀掉的原因。

难道说林到维也纳来其实另有目的？

"话说，林他是不是有什么事瞒着我们？"晴美说道，"如果只是因为追寻恋人来到维也纳，然后就被人杀了，似乎不合情理。"

"先前你不是还挺感动的吗？"

"现在情况不同了，"晴美毫不在意地说道，"还有，先前安西兼子和月崎弥生是不是一直在那包厢里等，之后她们是否见到过柳美知子，这些问题必须弄清楚。"

片山突然感觉有些奇怪——福尔摩斯怎么不见了？

刚才它还和众人走在一起，那家伙应该不会迷路吧？

回头一看，只见福尔摩斯就在身后十米左右的地方坐着。

那家伙在干吗呢？

片山独自走了过去。

"喂，福尔摩斯，怎么了啊？"他冲着福尔摩斯问了一句，"吃多了走不动了？"

"喵。"我又不是人。福尔摩斯的叫声似乎是在表述这样的意思。

"走吧，不然可是会被落下的哦。"片山指着其他人的背影说道。

福尔摩斯把头扭向一旁。片山追随着福尔摩斯的视线，向一旁的建筑物看去……

只见莉莎就站在那里。

莉莎的目光里充满了恐惧。她的表情既没有敌意,也没有反抗,有的只是疲累和恐惧。

想来一整天时间里,她一直在四处躲避警察的追捕吧。

估计也没好好吃东西。

虽然片山搞不明白她为什么要跟着自己,但片山不大想把这女孩交到警方的手上……

"哥!怎么了?"晴美叫了一声,"你要再磨磨蹭蹭的,我们要丢下你不管了。"

片山本来一直盯着莉莎,听到晴美的叫声,他扭过头去:"嗯,这就来,"片山先是举了下手,"福尔摩斯,咱们走吧。"之后又催促了一句,向前迈出了脚步。

回到帝国酒店,两名男子走向片山等人。片山似乎曾见过他们,是刑警。

"我不会被逮捕吧?"晴美一脸不情愿的表情,"要真是来抓我的,那哥你就代替我让他们给抓走吧。"

"罪犯还能替抓啊?"

刑警中的一人冲着栗原开了口。因为对方说的是德语,栗原听不懂德语,所以由真理过去帮忙做翻译。

"他们说,因为听说被害者林先前就住在这家宾馆,所以想调查一下被害者的行李。但因为他们不懂日语,所以希望我们能够陪他们一起去调查……"

"哦,小事一桩啊,"栗原松了口气般地点点头,"好的,好的。你们也一起过来吧,毕竟我对那个叫林的家伙不大了解啊……麻烦你跟他们说一下,这些人都是我的部下,希望能同行。"

听过真理的翻译,两名刑警露出了奇怪的表情,之后真理又笑着对两名刑警说了些什么。

"怎么了?"

"他们说,这只猫也是部下?然后我就告诉他们,日本是个神秘的国度。"

"喵——"福尔摩斯同意真理的说法。

就这样,连同真理和福尔摩斯,众人前往林的房间。

片山和福尔摩斯走在最后。

"我说,那样真的好吗?"他喃喃道。

嗯,罢了。反正即便是在日本,自己的行为也完全不像个刑警。在这样的异国他乡,也没办法提高自己的刑侦能力……

"哥,你嘟嘟囔囔地念叨什么呢?"晴美回头说道。

"没,我自说自话呢。是吧,福尔摩斯?"

"喵——"福尔摩斯难得地同情了片山一次,配合了他的辩解。

"就是这间房间吧。"真理停下了脚步。

刑警掏出备用钥匙,打开了房门。

片山皱起了眉头。

"为什么当时没找到这间房的钥匙呢?"

"这么一说,倒也是呢,"栗原点头道,"房门钥匙本应该在林的身上……"

房门打开——所有人大吃了一惊。

这种惊讶已经彻底超越了国境。不论是两名维也纳刑警还是片山等人,看到房间内的景象之后,全都哇的一声惊叫起来。

片山心想,原来德语里的"哇"也是表示惊讶语气啊,又学会了一点。

这且先搁下不管——

房门打开,众人纷纷走进屋里打开了灯。

"真是的,你到底上哪儿去了啊?"

屋里传出了女子的声音。

众人中恐怕只有福尔摩斯没有表现出惊讶之情。

女子从床上爬了起来,她身上只穿着一件女式睡衣,而且非常纤薄,能够透过衣料看到身体。

看到来人,女子也大吃了一惊,其惊讶的程度与片山等人相当。

"呀!"女子惊呼一声,跳起来,"饶了我吧!别杀我!你们要什么我都会给!要钱也好,要东西也好,你们放过我吧!"女子全身颤抖地说着。

看样子,女子是把大家当成强盗团伙了。

"嗯哼。"栗原干咳了一声。

"我说……"说着,栗原往前走了一步。

"你就是头儿吗?你们想怎么样都行。但你们可别杀我啊,求你们了!"刚说完,女子便动手脱起身上的睡衣。

片山不由得扭过头去。栗原赶忙叫道:"喂!你住手!你误会了!快把衣服穿好!"说完,栗原一个箭步冲了过去,拽住睡衣,想让女子重新穿好衣服——他的本意是想这样吧,但这一连串的动作却起了反作用,睡衣哗的一下从女子身上滑落下来,女子浑身赤裸……

"求你们了……别杀我……"说完,女子便倒在床上彻底晕了过去。

"这到底搞什么啊?"晴美呆呆地问道。

两名维也纳刑警彼此对视了一下,一边摇头,一边低声地嘀咕着些什么。

"他们在说什么?"片山向真理问道。

"说'日本人果然让人搞不懂'之类的。"

"深有同感。"片山说道。

等那女子醒来——

"这么说,你是和林一起的?"

"嗯……"

"你们是在哪里认识的?"

"嗯嗯……"

栗原笑着说:"你省省吧。现在你不管问什么,都是白搭啊。"

那女子正以迅雷不及掩耳之势,不停地胡吃海塞着。

"好厉害。"

连石津看了都不由得如此感叹,足见女子是有多么狼吞虎咽。

幸好帝国酒店的餐厅是一直营业到晚上十二点的。片山心想。

"啊!终于活过来了!"

迅速扫光了连片山都吃不完的饭食,又往肚子里塞了三只面包之后，女子的脸上终于露出满足的表情。

"没事了吧？"晴美问道。

"嗯。再来点蛋糕和咖啡就行了。"

女子终于平静下来。

"话说回来，刚才你们真是吓坏我了，"女子笑道，"我还以为自己这次真的是没命了。"

"应该是我们担心自己有没有性命之忧吧，"栗原苦笑了一下，"好了，你叫什么名字？"

"我吗？我叫伏见恭子。"

"你和林是什么关系？"片山问道。

"性伴侣——开玩笑了，"女子吃吃一笑，"嗯，不过也差不多就是这种关系，你们应该知道吧？"

"恋人？"

"要说是恋人，那也是碰上的。"

"什么意思？"

"我们是在到维也纳来的飞机上认识的。"

"照这么说——你们并非一起过来的啊？"

"只是飞机上碰巧坐到了对方的邻座。"那个名叫伏见恭子的女子说道。

从模样上来看,女子大概二十二三岁的样子,脸型圆润,长相倒也可爱。

"因为当时我独自一人,所以和他聊着聊着,感觉彼此挺投缘的。"

"你是一个人到维也纳来的?"

"这边本来应该有朋友来接我,带我到市内逛逛。但是等到了之后,我发现根本没人来接我。正好林跟我说过,要是遇到什么问题,就给他打电话。"

"你的朋友呢?"

"真够没礼貌的啊!"伏见恭子一脸不快地说道,"后来我跑到她住的公寓一打听,才知道她不久前跟男朋友出去旅行了,竟然把我的事忘得一干二净!"

"之后,你就和林一起……"

"是啊,毕竟我身上连住宾馆的钱都没带,因为之前我是准备到朋友那里去住的,之后我就央求林让我跟他一起住下。"

"嗯……那么,你们后来怎么会变成那种关系的?"

"这不是理所当然的吗?我们住在同一个房间里。"

"这么说也行。"晴美一脸明了的表情,点了点头。

"你还不知道林被人杀害?"

"不知道,"伏见恭子摇了摇头,"我一点儿都不懂德语。"

"然后,你就在房间里饿着肚子,等待着他回来?"片山问道。

"说来有些丢人,昨晚我都饿哭好几回了。"说到这里,伏见恭子的话再次被打断。服务生端来了蛋糕。

"Danke Schön。"①伏见恭子说,"这是我知道的唯一的德语。"

晴美和片山彼此对视了一眼。

"既然如此,先前林说他到维也纳来是找恋人,那又是怎么回事呢?"

"看样子,他此行应该另有目的。"片山说道。

就算住在同一间房间里,但如果林到维也纳来的目的是寻找水科礼子,那么他应该是不会和在旅途中遇到的女子睡到一块儿的。

眼看伏见恭子又扫平了蛋糕,片山开口问道:"林有没有说过他到维也纳来的目的?"

伏见恭子耸了耸肩:"没有,我也没问。但感觉他似乎是来

---

① 德语,非常感谢。

这里找人的。"

"找谁?"

"不清楚。"伏见恭子再次耸肩。

既然如此,那就没办法了——片山叹了口气。

又增加了一件让人搞不明白的事。

"你打算怎么办呢?"

听到晴美的问题,伏见恭子露出仿佛刚刚想到这问题般的表情:"对啊!先前我都没想过呢,因为肚子实在太饿了。"

"你的朋友呢?"

"不行,她一时半会儿还不会回来。"

"那你只能回日本去了。"栗原说道。

"不要!我还没有看过美泉宫呢。林还答应过我,等事情办好之后会带我到处走走看看。"

"办事?办什么事?"晴美问道。

"大概是找人吧。我也不大清楚。"

办事?如果说,林其实是受人所托才四处寻找柳美知子——水科礼子的话,情况又会怎样呢?如果撇开他们之间的私人关系,单纯以这种逻辑来思考的话……

"这人是谁啊?"伏见恭子看着栗原问道。

"这位是栗原警视,警视厅搜查一课的课长。"

"哇!威风!"

"是……是吗?"栗原赶忙正色道。

"我可是喜欢大叔的哦,栗山先生。"

"是栗原。"

"好吧,栗原先生。回日本去之前,你会照顾我吧?"

"我说你……"栗原瞪起了眼睛。

"不行的,栗原先生是和他太太一起来的。"

"什么嘛。"伏见恭子一脸不满地嘟起了嘴,"那这位呢?"说着,她用手指了指片山。

"什么'这位呢',"片山一脸艰涩的表情,"我也不行。"

"你也是和太太一起来的?嗯,看你的样子,似乎确实挺惧内。"伏见恭子一脸同情地说道。

3

"Nein！Nein！①"

怒吼声打断了管弦乐的演奏。

月崎弥生冲着指挥喋喋不休地叫嚷着。

当然，片山是不会明白她到底都说了些什么的，因为弥生说的并非日语。

片山等人坐在空荡荡的大厅的观众席上。除片山、晴美、真理、石津之外，还有福尔摩斯。

出于太太的提议，栗原今天陪她到美景宫去了。据说他太太是克里姆特的粉丝，所以就到这里美景宫的美术馆去参观了。

虽然栗原自己也曾握过画笔，但当他初听到克里姆特时，却问了一句：

"意思是掺了奶油的咖啡吗？②"

---

① 德语，意为"不"。
② "克里姆特"与"奶油"的发音较为相似，栗原才会产生如此误会。

从这样一句话里，完全能想见栗原作画的技术到底如何。

但是，出于那种很容易受刺激的性格，片山一直在担心，等回到日本之后，说不定课长又会拿些莫名其妙（作画者本人大概也不明白）的画来给自己看……

"似乎是在争执些什么啊？"晴美说道。

舞台上坐着维也纳当地的管弦乐团，正在忙着排练钢琴协奏曲。

但是，即便是片山这样的外行，也能看出排练似乎并不顺利。刚刚弹了一会儿，德国的乐团指挥便和弹奏钢琴的弥生发生了争执。

"这里的人都挺顽固的，"真理微笑道，"因为他们坚信只有他们诠释的莫扎特才是最权威、最真实的，自然不会认同日本人提出的不同说法。"

"哦，莫扎特啊？"石津点了点头，"是第九号吗？"

"不，是十九号。干吗这么问呢？"

"呃，因为从刚才起，他们两边一直在互相说'Nein'。"

"德语里的'Nein'，意思大致相当于英语里的'No'。"真理微微一笑，说道，"虽然这指挥也挺顽固，但弥生她也很厉害，正常人一般不会如此坚持己见。"

台上那名年过六旬的指挥正满脸通红地怒喝着,但是,弥生也展现出了寸步不让的态度。

虽然听不懂说些什么,但片山在旁边看着,不由得有些担忧。台上给人的感觉就像是双方随时都会动手打起来一样。

但仔细一看,却也能发现管弦乐团的成员们全都面带笑容,远远地看着指挥和那个跟他孙女一样年纪的弥生不断地争执。

"没事吧?"晴美担心地问。

"没事,"真理点了点头,"这种事根本就是家常便饭,指挥自己也像是在挑刺儿一样。"

"哦?"

正如真理所说的那样,两人的争执又持续了五六分钟,随后指挥便摊手做了个"我没辙了"的动作,再次开始了排练。

"看样子,弥生最后争赢了啊,"真理一脸感慨万千的模样,"只有她这样的人才适合成为职业音乐家啊。"

"的确,"石津点头说道,"到底跟之前的演奏有什么不同?"

"节奏的设定不同。现在感觉变得年轻一些,速度也变快了,换作维也纳的方式的话,感觉应该要更舒缓一些。"

"哦……"

"别假装自己听懂了。"片山强忍着笑意说道。

"但话说回来,本来今天应该是由柳美知子来弹奏吧?"晴美说道。

"对,也不知道她到底跑哪儿去了。"真理阴沉着脸说道。

几人身旁的通道上响起了脚步声,回头一看,是安西兼子和冈田太太来了。

"太太……"

真理本打算站起身来,结果冈田太太抬起手制止了她。

两名老妇人在靠近舞台的座位上坐下身,聆听起了疾风般飞旋的莫扎特钢琴协奏曲。

弹奏结束之后,弥生重重地舒了口气。听到乐曲结束,片山等人也鼓起了掌。"喵——"这一声叫唤,大概就相当于福尔摩斯的"棒极了"吧。

舞台上管弦乐队的人全都笑了起来。

"啊,你们是来听我彩排的吗?"弥生一脸欣喜地冲着众人挥了挥手。

刚才还在怒吼的指挥也一脸欣喜地抱住弥生,亲吻了一下她的脸颊。看样子,指挥似乎也很中意她的演奏。

弥生走下舞台,向着片山等人走来。

"感觉如何?"

"真的很棒。"真理说道。

"谢谢。就算你这是在恭维我,我也觉得很开心。"

"这是我的实话……对了,安西老师在那边呢。"

真理告诉弥生两名老妇人也来了的消息。

"我知道。她们进门的时候我就看到了,"弥生的语调听起来有些冷淡,"那桩杀人案,现在调查进展如何?"

"这事不是由我来负责调查的。"片山说道。

"没找到柳美知子?"

"到目前为止,还没有任何线索。"

"是吗?站在我的角度上,她倒是彻底消失更好,"弥生笑道,"这是我好不容易才争取到的机会,岂能拱手让人?"

弥生或许是在故作平静,激动的内心让她的语速变得比往常快了一些。

"我想问你点事,"晴美说道,"你有时间吗?"

"嗯,等中午说吧,你等我。我先去冲个澡,现在已经是满身大汗。"

这是实话。弹奏完毕,弥生的脸上已经渗出汗水。

"弥生。"安西兼子来到几人身旁,开口说道。

"老师，怎么了啊？"弥生用一种挑衅般的目光看着安西兼子，开口说道。

"嗯，弹得很棒。正式上场的时候，也要弹出这样的感觉来。"

"嗯。"弥生转身欲走，但她又补充了一句："如果到时候真的是我出场的话。"

弥生走远之后，安西兼子叹了口气。

"安西老师。"听到真理叫自己，安西兼子猛然回过神来。

"嗯？啊，真理小姐。"

"现在是不是已经决定让弥生小姐正式上场了？"

"嗯……距离正式演出只有两天，这也是没办法的事啊。"安西兼子摇了摇头。

"那么，要是在这两天时间里找到了柳美知子呢？"晴美问道。

"这个……我也不知道该怎么办。即便她在大赛里获得了第一名，但要是不参与彩排……"

"那么，就顺次把弥生小姐提到第一名的位置？"

"大概只能这样。"安西兼子的语调听起来无比疲累。

"偶尔吃点这样的东西，感觉也挺不错。"弥生说道。

他们坐在东京常见的汉堡包店里。

"但味道似乎有些不同。"石津分享他个人身为吃货的见解。

"你要问我什么？"弥生一边嚼着汉堡包，一边说道。

"有关林被杀时的事，"片山说道，"当时你应该就在那间包厢的门口吧？"

"哎？"弥生吃了一惊，两眼看着片山，"啊，果然！当时不光是那只猫，你也在场吧？"

"没错。"片山略带歉意地说道。

"我就感觉周围似乎有人呢。"弥生一边说，一边咬了一口汉堡包。

"你怎么知道柳美知子会到那里去？"

"有留言。"

"留言？"

"对，那留言留给帝国酒店，只不过，对方想要告知的人是林。"

"然后你就……"

"当时我跟服务员说我是他的同伴，收了那留言。"

"留言上怎么说的？"

"上边说，对方当晚会在那间包厢里等他，署名则是'Reiko'。"

"是水科礼子吧？"晴美说道，"那，你有没有跟林说过这事呢？"

"没有。"

"为什么？"

"我想和对方单独聊聊，"弥生耸了耸肩，"仅此而已。这也理所当然吧？对方可是曾经打败过我的假面钢琴师啊。"

"我想起来了，"看到汉堡包，片山回想起来，"在歌剧院里，你不是还邀约过林，让他到那间包厢里去一趟吗？"

"对！后来一想，我还是觉得有点过意不去。林毕竟是为了找她才跟着到维也纳来的……"

"真的吗？"

"你不相信？"弥生扑哧一笑，"嗯，实际上，我其实是想，只是我一个人出面的话，估计对方不会改变心意。但是如果她先前的恋人也来了，估计她心里会犹豫。"

"改变心意？"

"我想让她不要出席这次的音乐会，"弥生满不在乎地点了点头，"这是不容错过的机会啊。无论如何，我都希望抓住这机会。"

"嗯……"眼见弥生竟然如此坚持,晴美也不知道该说些什么了。

"但是,为什么安西老师会出现在那里?"

"这一点我也不大清楚,"弥生摇了摇头,"你们还是直接去问她自己吧。"

"我知道了,"片山喝了一口咖啡,"那么,柳美知子最后到底去没去呢?"

隔了片刻,弥生才回答了片山的问题,她似乎是在思考该如何回答。

"没去。"弥生说道。

"真的?"片山有些怀疑,"林却去了。"

"我也不知道林什么时候去的。因为之后我就离开那里了。"

说来也是。在片山被人用枪顶着去那间包厢的时候,弥生和安西兼子都已经不在那里。

"照这么说,你待在那里的时候,林和柳美知子都没有去过那包厢?"

"没错。"

"既然如此,那你为何要离开?"

弥生有些语塞，但是她的脸上却依旧平静。

"安西老师觉得有些不舒服，所以我送她回去。"弥生说道。

原来如此，这借口还挺不错的。但是，只要找安西兼子询问一下，就知道是真是假了。

"你们如果觉得我在撒谎就直接去问安西老师好了。"弥生说道。

难道两人已经商量好了？再或者，她打算随后立刻跟安西兼子对口供？

"但感觉有点奇怪，"弥生说道，"刚才你不是说过这案件不是你负责调查吗？那你干吗这么揪着我问个不休？"

"这个嘛……"片山也有些语塞了。

"好了啦，"弥生笑道，"我也不太在意这些。"

片山本想再问一句"安西兼子是不是你母亲"，但最后他忍住了没问。这种事情，最好还是去问安西兼子吧。

"福尔摩斯呢？"晴美说道。

不知何时，福尔摩斯已经消失了踪影。

"哎？"石津说道，"先前放在这里的汉堡包……"

"是你自己吃掉的吧？你大概自己没留意。"片山说道。

但是这一次片山没有说对。

晴美扭头看了看店门外，福尔摩斯的尾巴闪现了一下。看样子，福尔摩斯是自己单独跑出去的。

晴美站起身，横穿过店内走了出去。福尔摩斯脚步匆匆地向前走着。它到底要上哪儿去？

而且，福尔摩斯的嘴里还叼着一只连同袋子一起的汉堡包！

"这家伙，不会是揽上快递的业务了吧？"

晴美喃喃道。

无论如何，晴美一路追着福尔摩斯而去。

突然间，福尔摩斯轻盈地走进了建筑物的背阴处。晴美也在拐角处停下脚步，探头张望了一下。

是那个名叫莉莎的少女。

莉莎蜷身蹲在阴暗的角落里。福尔摩斯走到莉莎的身旁，用前爪轻轻地捅了捅莉莎的脚。

莉莎猛地倒吸了一口凉气，胆怯地缩起了身子——看到这一幕，晴美心头不由得一痛。

不管做过什么，她都只是一个十七岁的孩子。

"你……"莉莎看了看福尔摩斯，露出一脸困惑的表情。福尔摩斯把那只装着汉堡包的袋子推给了莉莎。

"这是……给我的？"

"喵。"

"可……为什么……"

莉莎的声音有些颤抖。之后,她撕破袋子,拿出汉堡包,开始贪婪地嚼了起来。

估计她没怎么吃东西吧,一直在这小小的街镇上过着四处逃窜的生活。

很快,莉莎便吃掉了那只汉堡包。

"谢谢你!"莉莎含泪冲着福尔摩斯说道。

"喵——"福尔摩斯的叫声既像是在安慰,又像是明白了什么一样,既温柔又明确。

莉莎哇哇大哭着,抱起福尔摩斯,用脸蹭了蹭它的毛。

看到这一幕,晴美也不由得两眼含泪了。

虽然晴美一直看不起哥哥,但或许是因为血缘的关系,晴美自己其实也是一个容易被他人打动的人。

晴美转过街角,向莉莎走去。

莉莎吃了一惊,想要站起身来。

"别跑。"晴美说道。

第四幕

今夜的祈祷……

1

独自待在国外的宾馆中时,电话铃响了。

这是一件很可怕的事。而对于片山这样一点儿都不懂外语的人来说,这种感觉更甚。

不会是打错了吧?嗯,肯定是打错了。

过会儿就会安静下来的。但事与愿违,电话铃一直响个不停。

片山独自在房间的床上翻了个身。快三点了吧?

晴美他们跟着真理参观贝多芬故居去了。本来片山也可以一起去的,但因为他感觉有些疲倦,就独自留在了宾馆里。

"上了年纪的缘故吧?"对于片山的决定,晴美只是这样冷嘲热讽了一句。

"你就放心地把晴美交给我吧。"石津微笑着自告奋勇地说。而福尔摩斯只是喵地叫了一声……这一点倒是和往常没什么区别。

不管别人怎么说,片山都很想好好地睡上一觉。经历了这场让他感觉不大习惯的欧洲之旅,他已是疲惫不堪。

"我已经厌倦杀人。"

片山在床上喃喃道——这话要是让其他人听到,估计会大吃一惊吧。

当然,片山自己并不会动手去杀人。他感到厌倦的,是遇到杀人案这种事。

但是,片山本来也想好好睡上一觉,但最终躺下身去却始终无法入眠。这种感觉很让人生厌。

而听到电话的铃声,片山心中的烦躁情绪变得更甚了。

电话一直响个不停,无奈之下,片山只好爬起身来。

要是接起电话来,对方就开始一个劲儿地说德语,那可怎么办啊?

"How are you(你好)?"说英语吗?嗯,罢了,眼下这电话,不接也不行了。

片山轻轻地拿起了话筒,什么也没说,静静地等着对方开口。

"喂?"是女性的声音,说的是日语!

片山松了口气,即便这电话打错了,片山也会向对方表示一下谢意。

但是,对方并没有打错电话。那女子说道:"请问片山义太郎先生在吗?"

这谁啊?片山总觉得这声音似乎在哪儿听过。

片山不愧是一名刑警,但凡听过一遍的嗓音,他都有记忆。但,正是因为他无法想起这是谁的声音,所以才无法成为一流的刑警。

"那个……我就是,"片山说道,"请问你是哪位?"

"我……那个……"女子的声音听起来有点犹豫,"先前我曾经在圣斯德望主教座堂和您见过面。"

片山突然一愣。对了!这声音是那时候的……

"怎么回事呢?柳美知子小姐——不,应该叫您水科礼子小姐吧?再或者,自称柳美知子的水科礼子小姐?"片山的话越说越复杂了。

"嗯……"对方暧昧不明地回答了一句,"其实,我有些事想找机会和您说一说。"

"找我说说?"

"是的,您现在是否有时间见个面?"

"现在啊?"片山倒也没有其他的什么约会,"那,在哪儿见?"

"我不想被其他人听到我们之间的谈话。"

"行!"

"要不,就到皇家墓穴教堂的地下见吧?您觉得呢?"

"皇家……"

"就在诺伊尔广场对面。您只要问宾馆的人,他们就会告诉您的。"

"皇家……什么来着?"

片山赶忙准备好了纸笔。

"皇家墓穴。"

"皇家……墓穴。那地方的地下?"

"对,那地方很少有人去。那么,三十分钟后,我在那里等您。"

"哦,是吗?"片山之所以会说这么一句"哦,是吗",是因为他听说德语里边的"哦,是吗"的发音和日语一样。

放下电话听筒之后,片山开始思索。

柳美知子找我到底有什么事?

"他们怎么还不回来啊?"片山一脸无奈地说道。

他并不是因为单独留在房间里感觉害怕才这么说的。他只是觉得,如果和真理一起去,那么或许柳美知子会做出一些不同的反应。

但是,三十分钟内,估计晴美他们是没法回来的。所谓的贝多芬故居不止一处(因为贝多芬生前总是在不断地搬家),光是到那几处地方去走一圈,估计也需要花费上半天时间。

"没办法,只能我一个人去了。"片山伸了个懒腰。

这时候,片山反而感觉有些倦意。

真是的,我这节奏还真是与众不同啊。片山心想。

做好出门的准备,带上纸笔之后,片山离开了房间。

"皇家墓穴教堂,"片山看着手里的留言条,坐着电梯下到一楼,"只要问宾馆的人,他们就立刻会知道……"

嗯?片山突然惊觉:宾馆的人不懂日语啊!

如此一来,即便给他们看手里这张日语写下的留言条,他们也看不懂吧。但是,德语的"皇家墓穴教堂"又该怎么说呢?是不是一听发音,对方就能明白呢?①

片山惴惴不安地向着前台走去。每次遇到这种情况,他的心里就会有种转身想要逃走的冲动。

片山来到前台,首先担心自己该怎么和对方打招呼。就在这时,"哎呀,刑警先生。"有人用日语叫了片山一声。

---

① 皇家墓穴教堂的日语读音为德语的日式发音。

"啊,您好。"看到安西兼子,片山连忙打了一声招呼。

"你一个人?"兼子问道。

"对。其他人都参观贝多芬故居去了。"

"啊,是这么回事啊,"兼子微微一笑,"我整年都待在维也纳,但至今也没去过呢。"

"也是呢,"片山配合着兼子的话语,"那个……不好意思。"

"什么事?"

"那个……请问到皇家墓穴教堂去该怎么走?能劳您帮忙问一问前台吗?"

兼子微微一笑。"嗯,我记得那地方似乎就是放置玛利亚·特蕾西亚的棺柩的地方呢。"

棺柩?真够不吉利的。片山心想。

兼子找前台问了几句,之后又把对方说的话翻译成日语,写在了留言条上。要是这样子还能迷路,那么片山就太对不住人了。

"我想你应该明白了吧。据说那地方就算是走路过去,也花不了多少时间。"

"真是抱歉,给您添麻烦了。"片山低头表示了一下谢意。突然间,他留意到了兼子搭在手臂上的毛皮外套。

对了！虽然先前因为发生了骚动，一时间忘记了，但这外套，莫非就是那天晚上挂在三号包厢里的毛皮长外套？

到底是怎么回事？当时这外套应该不会是林带进去的，当时包厢里也再没别人了啊？如此说来……

"这外套有什么问题吗？"安西兼子问道。

"不，没什么。我只是觉得这外套看起来挺不错。"

说这种还不大习惯的、吹捧他人的话语时，片山总感觉自己的舌头就像是打了结一样。其实，他根本就分不出到底什么毛皮好、什么毛皮不好。

"啊，承蒙夸奖，"兼子开心地说道，"这外套其实是冈田太太的。这里晚上不是感觉挺冷吗？"

原来这是冈田太太的外套啊。到头来，片山也还是无法确定，这外套就是当时挂在三号包厢里的那件。

反正毛皮外套大多都是黑的，件件都挺像的（站在片山这种连一件也没有的人的角度上来看，感觉似乎是这样），而且，因为当时光线有些昏暗，片山甚至不大确定那外套的颜色。

向安西兼子表示过谢意之后，片山离开了宾馆。

皇家墓穴教堂并不像圣斯德望主教座堂那样瑰丽壮观。这座教堂完全没有那种高耸入云的感觉，相反，它却有着一种小巧玲珑的精致感。

要是没人说起有关它的事迹，说不定路过的时候，众人根本连拍照留念的想法都不会有。

要进到这里边去啊？

片山走进教堂的大门。穿过一条细长的走廊之后，一名身材肥胖的大叔微笑着走了过来。

付过门票钱，片山走进了教堂里——刚才约定的地点是在地下吧。

先前参观过的圣斯德望主教座堂也好，这座皇家墓穴教堂也好，感觉这里的人似乎总喜欢在地下摆放上各种东西。

走到一半，前方出现了一道通往地下的楼梯。这时候，两名看似美国人的少女刚刚参观完地下，正沿着楼梯往上走来。

和片山擦肩而过的时候，两名少女稍稍瞥了片山一眼，彼此低声讨论了两句。

"是中国人还是日本人？"感觉两名少女似乎是在讨论这样的问题。

在片山看来，他是无法一眼分辨出对方到底是德国人、法国人还是美国人的。或许对方也一样。在美国人眼里，估计东亚人都长得一个模样吧。

罢了，片山顺着楼梯往下走去……

突然间，片山感觉森森寒气扑面而来，是因为这地方地处地下吗？

通道的两侧放置着许多拉有金属网的架子，架子上摆放着无数巨大的金属罐——片山也曾在其他地方听过真理对此的解释。

这些罐子里装着历代皇帝和皇家之人的心脏。

这种为了吊唁死者而把死者的心脏从躯体里挖出来另外摆放供奉的想法，让身为日本人的片山很难理解。

虽然这里确实像柳美知子在电话里说的那样，一个人也没有，但柳美知子本人又到哪儿去了呢？

走到最深处，片山的视野突然变得开阔起来。

一瞬间，片山愣住了——眼前的光景，就像是经常会在那些吸血鬼电影里出现的纳骨堂一样。

两侧整齐地摆放着无数黑色棺柩，片山走在棺柩夹成的通道上，周围昏暗冰冷，让人感到有些心里发毛。

那些吸血鬼似乎都是出没于这种光线昏暗的地方啊……

别傻了！片山摇了摇头。

这里可是有名的观光胜地，怎么可能会有吸血鬼跑出来？

没错。我只是个游客罢了。冷静下来,其实这些棺柩不就只是些箱子吗?

嗯,要说它们真的和箱子有什么不同的话,那么区别大概也就在于里边装的是尸体吧……从这一点上来说,区别倒也挺大的。

但是,片山一边看着两侧的棺柩,一边心里琢磨。真没想到,人死之后,竟然存在这么大的差别啊。

其中的一些棺柩没有半点装饰,看上去就像是些箱子一样;而另一些棺柩上却雕刻着精美奢华的浮雕。从外观上也能看出两者之间的巨大差别。

那座有名的玛利亚·特蕾西亚——就是身为玛丽·安托瓦内特之母的女帝——的棺柩巨大得让人瞠目结舌。

不,那棺柩本身根本不是棺柩的形状。准确来说,感觉就像是一座巨大的纪念碑,而特蕾西亚的尸体就放在里边。

从棺柩的模样上,完全可以想见其生前极盛的权势。

片山环视了一下周围。

看样子,地下墓室就到这里。既然如此,那么柳美知子应该还没有到吧。

虽然片山不大希望在这样的地方等待对方,但眼下这也是没办法的事。

那人想必应该跟在片山身后,一起在棺柩的周围绕了一圈吧。听到微微的脚步声,片山以为是柳美知子来了,扭头向身后看去。

就在这时,一件重物重重地击打到了片山的后脑上。

片山感觉眼前有些发黑。相较于疼痛感,他感受到更多的是眩晕。片山晕了过去,倒在冰冷的地板上。

"振作点……喂,你振作点啊!"一个女子的声音在耳边响起。

嗯?片山感觉自己就像是做梦一样。

他只记得自己先前被人给打晕了过去。但是,片山感觉,自己的身下似乎颇为柔软。

嗯?这地板怎么会软绵绵的?而且,似乎还有些温热。

"你醒了?"

片山看了看女子的脸——这谁啊?

片山连眨了两三次眼。

"太好了!"女子说道,"我还以为你死了呢。"

直到这时片山才发现,一个身穿连衣裙的可爱姑娘正坐在冰冷的地板上,而自己的头,就枕在那姑娘的膝盖上。

"啊……谢谢……"片山稍稍抬起头来,"啊!好痛……"

"你现在还不能动!"

"不,我已经没事了,"片山坐起身,舒了口气,再次审视了一下少女的脸,"我们是不是在哪儿见过?"

少女呵呵一笑,问道。

"你难道忘了?"

听到对方的声音,片山终于回想了起来。

"你是莉莎吧?"

"嗯。"

莉莎……今天的她,感觉完全变了个人似的。

她不但身上穿着一身漂亮的连衣裙,发型也变了。在她的身上已经完全找不到先前那个用枪顶着片山的女劫匪的影子了。

"吓我一跳!"片山老实说道。

"怎么?你觉得很奇怪吗?"莉莎一脸羞赧地说。

"也不是了,"片山说道,"这衣服、发型,感觉和你很配啊。"

"真的?"莉莎脸颊绯红,喜悦之情溢于言表。

"啊——现在似乎也没时间说这些了。好痛。"

片山拼命忍着头痛,站起身来。

"你还是再休息会儿吧——"

"不,我已经没事了。"

在玛利亚·特蕾西亚的棺柩前,片山的脑袋被人狠狠地打了一下。

"是谁把你打晕的?"莉莎问道。

"不知道。那人是突然从我身后给我来了一下的,"片山看了看周围,"我晕过去多久了?"

"大概只有一小会儿。"

"你……莫非一直都在跟踪我?"

"嗯,真是抱歉。"

"这倒没什么。话说,刚才你有没有看到有人出去?"

"没看到——听说你离开宾馆,我就一路追来了。"

"也就是说,你也没有看到我进这里?"

"没看到。估计我比你晚来了十分钟左右吧。"

"然后,你就发现我晕倒了?"

"对。当时我大吃一惊,就跑过来了。"

十分钟?片山舒了口气。

"我到这里来,是为了和一名女性见面,"片山说道,"说不定她现在就在附近。"

"我帮你去找吧——对方是个怎样的人呢？"

"年轻女子。"

"日本人？"

"嗯。"

"恋人？"

"嗯。啊啊，不是！"片山先是不假思索地答应了一句，但又赶忙否认。

"开玩笑的，"莉莎笑了笑，站起身来，"那么，我去找找看吧。"

"我也去找，"片山摸着自己的脑袋说道，"两个人分散开来挺危险的，还是一起行动吧。要是刚才打了我的那人还在附近……"

"没事。我会小心的。"莉莎说道。

这句话里，还残留着当时莉莎的语调。

"但你要是遇上什么三长两短，那可就麻烦了啊。"

"哎，谁会对我这样的人……"莉莎笑道，"就算我被人杀了，也不会有人为我哭泣。"

"别这么说。你不是还有个哥哥吗？"莉莎的脸沉了下来。话刚出口，片山就感觉有些后悔了。

"我哥是我哥，我是我，"莉莎就像是在告诫自己一样，"我已经竭尽全力了。"

尽管莉莎的话说得斩钉截铁，但隐隐之间还是透着一种悲伤的感觉。

"我说，片山先生。"莉莎说道。

"什么？"片山压低嗓门说道。

"你会把我交给警方吗？"

片山稍微顿了顿。

"不会！如果真要这么做的话，我希望你能去自首。说到底，来到这里之后，我的身份就不再是刑警了。"

"真开心。"莉莎小声说道。

虽然声音很小，不，应该说正是因为说得很小声，所以莉莎的话听起来才会让人感觉很真实。

"哎！"片山突然想起一个问题，"你怎么会知道我的名字？"

"我是听你妹妹说的。"

"晴美？"

"这身衣服也是晴美小姐给我买的。"

那家伙……

"啊——"片山的脚下突然绊了一下,"这是什么?感觉似乎是只包。"

两人脚下一处昏暗的地方,静静地躺着一只女用的手提包。

"谁的包啊?"

"看看吧!"

两人把包拿到了明亮的地方,打开包,看了看包里:"这里边还装着护照呢。"

"这么重要的东西——"

"嗯。感觉应该不是不留神弄丢的。"

打开护照一看,片山睁大了眼睛。

是水科礼子!上边贴的照片是她本人。

"你到这里来是想和她见面的吧?"莉莎问道。

"嗯。看样子,这东西真不是不留神弄丢的。估计她现在……"

"被人掳走了?"

"似乎是啊。"

片山感觉心情沉重。当然了,虽然片山也很担心水科礼子的安危,但更令他感到担心的还是之后晴美到底会怎样说自己……

2

"你到底干吗去了?"

面对依旧头痛的片山,晴美温柔地说出了自己的安慰之辞。

"这个嘛,我也——"

"你不是刑警吗?居然会眼睁睁地看着女性在你面前被绑走!你甭当刑警了。"

片山也火了,顶嘴道:

"我早就跟他们说过让他们辞退我!是课长总不愿意,你怎么不去问他啊?"

"喵——"不知道福尔摩斯的叫声到底是在赞同还是在取笑。

晴美的房间里。

尽管这是一场片山、晴美和福尔摩斯之间的"三巨头会晤",内容却感觉有些不大充实。

"你还不是一样?居然瞒着我在这里收留了那孩子。"

"怎么，不可以啊？"

"我没说不可以——"

"当时那孩子饿得全身发颤。我帮助她有什么不对的吗？原来哥你是这种冷酷无情、铁石心肠、十恶不赦的人？"

"你何必把话说到这份儿上？"片山彻底放弃了抵抗，他叹了口气，"我知道啦——嗯，我也觉得那孩子其实并不坏。"

"就是！怨罪别怨人啊！"

"喵——"福尔摩斯愉快地叫了一声。

"但话说回来，这一切到底是怎么回事啊？"晴美突然改变了话题。

这恐怕也可以算是晴美的拿手本事之一吧。

"什么怎么回事？"

"水科礼子被人绑走的事啊。这还用问吗？白痴！"

接受过晴美的如此严苛的训练，感觉以后不管娶个怎样的老婆，片山应该都能够挺住。

"她到底是作为水科礼子还是作为柳美知子被人绑走的……这一点可是问题的关键。"晴美说道。

"这不都一样吗？"

"蠢货。"

"喵——"

片山已经彻底没力气再反抗了:"对方为什么要绑架她呢?"

"我还想问呢,"晴美耸了耸肩,"但事实上,她确实被人绑走了。"

"嗯……"片山沉思了片刻,"对了,那场音乐会,明天就要开始了。"

"这一点我也想到了。"

"也就是说,为了不让柳美知子登台演奏……"

"对。这是眼下我们能想到的唯一的理由。但话说回来,为了一场音乐会,真值得这样做吗?"

"如果真是这样,那么罪犯就是月崎弥生。"

"嗯……除此之外,就再没有其他的可能了。"

晴美抱起了双臂:"但是,绑架的理由姑且不论,要是绑匪和杀害林的凶手是同一个人,那么既然都已经动手杀过人了,绑架什么的,也就更容易了。"

"说得没错。"片山点头道。

话虽如此,一个二十一岁的小姑娘真的能够做得出这种事来?站在片山的角度上说,这样的结论实在难以苟同。

"还有,杀害林的人不是月崎弥生。当时她根本就不在场,所以根本就不可能。"

"这我知道。既然如此,那么罪犯应该另有其人。"晴美的假设的一大特征是:会随着情况的变化不断地改变主意。

"总而言之,凶手在杀害林之后是怎样离开的?如果不弄清这一点,也就没办法查明凶手是谁。"片山喃喃道。

"福尔摩斯,你有什么建议吗?"

听到晴美的询问,福尔摩斯露出一脸讽刺的目光,喵地叫了一声,扭头向着房门方向看去。

"哎?"两人刚一转头,就听房门咚咚地被人敲响了。

"片山!晴美!吃晚饭了!"石津的声音彻底穿透了双层房门,传到了屋里。

"栗原呢?"

听到晴美的问话,真理一边摊开菜单,一边说道。

"还在陪他太太。到美术馆去绕了一圈之后,今晚又要去听音乐会了。"

"那就没问题了。"真理冲着莉莎点了点头。

"抱歉,给你们添麻烦了。"莉莎低下了头。

"没事。吃饭的时候还是大家一起更热闹些。"真理说道。

众人都认识莉莎。但是却没人敢把这事告诉栗原。

这是帝国酒店餐厅里的晚餐。虽然柳美知子的事确实让人感觉有些担心,但因为这事而饿着肚子是无济于事的。

依照惯例,等真理帮忙翻译,点过菜之后。"终于,明天就要开始了啊。"真理突然改变了语调。

"事情的前后经过,我已经听说了,"莉莎插嘴道,"都怪我闹出了那种事,所以才变成现在这样。"

"没事啦,"晴美打断了莉莎的话,"你总这么不停地道歉,感觉好累。"

"嗯。"

她为什么永远不会这样为我着想呢?片山心中想道。

"音乐会几点开始?"片山问道。

"晚上七点,"真理回答道,"要是在那之前柳美知子还没有回来的话……"

"那么,月崎弥生就要上场弹奏了,是吧?"

"但我觉得,弥生她应该不会因为这种事而绑架他人。"

"我也有同感,"石津说道,"如果她真是这样的坏人,那她的钢琴也弹得太好了。"

虽然这样说感觉有些不合情理,但众人并非完全不能理解。

"那个……"莉莎说道,"我可以问一句吗?"

"什么?"真理回头说道。

"那个名叫月崎弥生的人,一直都住在维也纳吗?"

"不是。只不过她先前似乎来过许多次——干吗问这个?"

"那她就不可能绑架。绑架这种事并非你们想象的那样简单。"

"的确如此,"片山点头道,"如果只有她一个弱女子,确实不大可能。"

"即便她要找人来做这件事……"晴美说道,"那么她找的人必须是个一直待在维也纳的人才行。"

"要不,我去调查一下吧。"莉莎说道。

"这行吗?"听到晴美这么问,莉莎微微笑了笑:"只要我去问一下那些不良团伙的同伴,大致应该会有些消息的。"

"挺厉害的,"石津一脸感叹地说道,"能不能顺便帮忙打听一下目黑那件案子的消息呢?"

"别扯了,"片山苦笑了一下,"话说回来,你真能弄到些相关的消息吗?"

"嗯,应该可以。"莉莎点头道。

"这事会不会让你遭遇到什么危险?"

"不会,没事。我又没有背叛谁出卖谁。"

"可是……"

片山有些犹豫,莉莎跟这起案件没有任何关系的。

而且,片山本人也没有任何权限。要是莉莎遇上什么三长两短,片山是一点儿办法都没有的。

"让我去吧,"莉莎说道,"因为警方在这方面基本没有什么途径,所以即便想要弄到些什么情报,也需要花上一些时间的。要是明天之前不能找到柳美知子,一切就没有任何意义了吧?"

"这么说也是……"无奈之下,片山也说道,"好吧。那你就去试试看吧。"

"好的。"

"但是,千万别冒险。"晴美说道。

"嗯,没事的,"莉莎爽朗地说道,"吃完饭我就立刻出门。"

"那就麻烦你了……"晴美说道。

"别这么说。先前是晴美小姐你救了我的啊,还有福尔摩斯。"

"喵——"福尔摩斯得意地叫了一声。

饭菜端上桌来,众人低头专心吃了一阵。

"啊,大伙儿都到齐了啊。"众人耳边响起了说话声。

回头一看,众人发现说话的正是待在林房间里的伏见恭子。

"你还在这家宾馆里?"

晴美问道。

"嗯,我找到了一个不错的人。回见了。"

伏见恭子和一个看似美国人的旅行者手挽着手。

看着两人走远,晴美摇了摇头:"受不了。真是了不得呢。"

而福尔摩斯的目光,一直停留在伏见恭子的身上……

"当时林是怎么被人打中的呢?"石津突然开口说道。

"干吗突然提这事?"

"也没什么……看到那女的,我突然想起这事。"

"这确实是个谜啊。"

真理偏起脑袋思考了起来:"当时凶手甚至都没有时间逃走。"片山说道:"说起来,你们有没有听到什么有关毛皮外套的消息?"

"毛皮外套?"晴美皱起了眉头,"这个,我倒是挺想要一件……你买给我吧!"

"我不是这意思！"片山赶忙说道。

听了片山的话，晴美和真理彼此对视了一眼。

"没注意到——或许有吧。"

"就算有，估计也让警方拿走了吧，"真理说道，"要不干脆直接问他们一下吧？"

"嗯，这事就拜托课长去打听一下。"

"不管怎么想，凶手都无路可逃啊！"石津说道。

"正因为如此，我们才会伤脑筋。"

"那么，林会不会是自杀的呢？"听过石津的意见之后，片山愣了愣。

"自杀啊？这样一来的话，凶手确实没有消失的必要。"

"可是，哪有人会那样子开枪自杀？"

"也并非完全做不到啊！"

片山把自己的双手绕到了椅背后边："就像这样，把手枪贴到椅背后边，再用拇指扣动扳机的话……"

"然后，手枪就会落到地上，"晴美点了点头，"石津，你偶尔也还是会提出些不错的意见来嘛！"

"是……是吗？"石津满脸通红，有些难为情。

"只不过，问题却在于，他为什么要以这种方式自杀呢？"

真理说道。

"没错。林他有什么理由要自杀呢?"

"话说,这事会不会跟林与柳美知子——水科礼子之间的关系有联系呢?"

"嗯。说起来,这案件的动机确实让人有些搞不懂。"片山喃喃说了一句,摇了摇头。

突然间,片山和福尔摩斯对视了一眼。福尔摩斯低头看了看地面。

"下边有什么东西吗?"片山探头看了看桌下。

"干什么啊,你这色魔!"

"白痴,谁看你的腿啊……啊,刀子掉了。这是谁弄的?"

"那是因为福尔摩斯一直待在下边,所以才能看到啊。"

等等……桌子下边?

不对劲啊。片山心里感觉有些纳闷。

"哥,怎么了啊?"

"没什么……当时……"片山思考了一阵,"对了,那把手枪……"

"啊?"

"莉莎,当时那把枪从你的手里飞了出去,之后就滑到座位下边去了,是吧?"

"是的。我记得是这样的,"莉莎点了点头,"当时福尔摩斯突然从袋子里跳了出来,我还大吃了一惊呢。"

"即便林当时醒着,他也背对着我们,所以他应该没法看到手枪掉到哪里去了。"

"当时有没有什么声音?"

"应该没有。包厢里的地毯挺厚的。"

"那……那枪到底是谁捡起的呢?"

一切又重新回到了原点。

晴美一脸不耐烦的表情。

"凶手大概是哥你自己吧?"

"……"

栗原一脸疲惫不堪的表情和太太一道走上了帝国酒店的楼梯。

不管怎么说,参观美术馆都是一件挺累人的事。

尽管帝国酒店的楼梯也很优美,但此时的栗原却已经没有心情去留意这些了。

"哎呀,老公——"栗原太太说道。

"嗯?"

"那不是片山吗?"

栗原顺着太太所指的方向看去,只见大理石柱子背后,一对男女正紧紧拥抱在一起……

"怎么可能?"栗原笑道,"那如果真是片山,估计他早就晕过去了。"

"是吗?感觉真的挺像呢。"栗原太太不解地说道。

"确实挺像啊。"

仔细一看,栗原也感觉那男子似乎挺像片山。

走上楼梯之后,栗原开始惊讶得连连眨眼。

"真是片山啊!"

"啊,课长!"

片山怀里抱着女子:"我们这可是情浓之时,能拜托你别来当灯泡吗?"

"嗯……是吗?嗯。"

栗原挽起太太的手向着房间走去。

"看吧,确实是片山吧?"栗原太太说道,"你怎么了?"

"不……没什么,"栗原热泪盈眶,"那家伙算是有点男人样儿了……"

"这样一来,那家伙不必打一辈子光棍了……"

栗原太太怔怔地看着抽泣不已的栗原……

等栗原夫妇走远,片山终于松了口气。"没事了,"片山说道,"哎呀呀,真是吓了我一身冷汗呢。"

莉莎抬起头来,问道:"他们走了?"

"嗯,走了。"

"真是遗憾啊。"

"啊?"

片山一愣,莉莎离开了片山的臂弯。

此时的莉莎已经换回了先前她那身牛仔裤的打扮。

"那么,我就出发了。"莉莎说道。

"当心点儿啊。"

"嗯。我不会有事的,"莉莎点头道,"音乐会是明天七点开始吧?在那之前,我会设法联系你的。"

"拜托了。"

片山自然地向莉莎伸出了手。莉莎她真是只有十七岁的孩子吗?

莉莎本打算拉住片山的手,但她却犹豫了一下,突然两眼放光地看着片山。

莉莎敏捷地凑到片山身旁亲吻了片山。之后,她深情地看了片山一眼,转过身去,顺着楼梯飞快地下楼去了。

片山怔怔地望着莉莎的背影,呆愣在原地……

3

"早……"晴美说道。

"早上好。"石津也和往常不大一样，感觉没什么精神。就连吃早餐时也这样，是有些不大对劲。

片山也很少开口说话。

众人都很担心莉莎的情况——回头想想，感觉还是不大应该让她去做那样的事。

不管怎么说，她都只是个十七岁的女孩。

而且，站在其他人的角度上来看，这事似乎也是片山放跑了莉莎，而作为代价，又让莉莎去调查此事。

不过，他人的看法倒不必太在意，这么一说，似乎也是……

看到石津甚至没心思去翻看菜单只顾着叹气的模样，片山心里想：看样子这家伙似乎也在担心啊！

"早上好，"真理走进了餐厅里，"抱歉，我来晚了。"

"啊，太好了，"石津一脸如释重负的模样，"这下能点菜了吧!"

而福尔摩斯也和往常一样,脸上没有任何表情。

"今天就是最后期限了。"点过菜之后,真理开口说道。

"是啊,"晴美点头道,"话说警方那边有没有查到什么有关柳美知子的消息?"

"我找警方问过,他们那边似乎没有查到什么线索。"

"你找警方问过?"

"是冈田太太让我问的——她似乎挺担心这事。"

"音乐会能不能延期举行?"

"这恐怕不大可能,"真理摇头道,"管弦乐团也有他们的日程安排,音乐厅的预约已经是排到几年后了。要是今晚不能举行,那可就得等到几年之后才行了。"

"可现在比赛的第一名行踪不明啊!"晴美说道。

"第一名就在这里。"

众人身后传来了说话声。

月崎弥生面带微笑地走了过来。

"早上好,刑警先生。"

"早上好。"

看到弥生坐到了自己所在的桌旁,片山问道。

"紧张吗？"

"当然，"弥生轻描淡写地说道，"如果不紧张，根本没法演奏好。"

弥生点了一杯咖啡和一个面包。

"离晚上的音乐会还有一点时间。要是现在就紧张得全身发抖，那今后就别想再当什么职业音乐家了。"

"柳美知子似乎被人绑架了。"听到真理的话之后，弥生点了点头。

"我已经听说了。真是可怜。看样子，最近一段时间，维也纳这边也不大太平呢。"

"可是，为什么她……"

"大概是因为大家都觉得日本人挺有钱吧。"

弥生露出一脸恶作剧般的笑容，看着片山说道。

这种比往常更话多的感觉，或许正是她内心紧张情绪造成的。

片山彻底搞不明白了。

所谓的音乐家，不管每天的练习多么辛苦，最后也只能在听众面前展现几十分钟的时间。而要是在这几十分钟时间里无法拿出自己的最佳状态，那么之后是无法用一句"往常其实要比今天弹得好"这种话语来替自己开脱的。

为了能在这有限的时间里发挥出自己的实力,所需要的精力也是外行们无法想象的。

弥生笑了笑,说道:"你们大概都觉得是我绑架了柳美知子吧?遗憾的是,我既不是黑手党也不是黑社会,所以我根本做不到的。"

"我们没这么想。"晴美说道。

"是吗?那就怪了。我看大伙儿似乎都在怀疑我呢。"

"但是,"片山说道,"就算你不这么做,也是能够胜过她的。"

"对。只要能重来一次,"弥生立刻回答道,"只不过,音乐比赛这种事是无法重新来过的。"

"我倒不觉得这事是你干的。"真理说道,"一个真心热爱音乐的人是做不出这种事情来的。"

"谢谢。"弥生笑了笑。

"今晚可要加油哦。"真理点头道。

片山感觉自己似乎也开始明白真理的感受了。说到底,真理也是被卷入音乐大赛杀人案中的无辜者。

在音乐的世界中,空话、漂亮话是没有任何用处的。正因为如此,真理才会相信弥生。

"我可以问一句吗?"片山说道。

"请问吧。"弥生啜了一口咖啡,说道。

片山犹豫了一下,最后他还是横下心开了口。

"安西兼子不会就是你母亲吧?"

"我母亲?你说什么?"弥生一脸惊讶地看着片山的脸。

"没什么。我只是随口一问。"片山连忙说道。

"哥,这种事怎么可能!你想想她们两人的年龄!"

"嗯,这么说也是。"

安西兼子已经是七十多岁的人了,而弥生只有二十一岁——这样的年龄差,感觉反而更像是祖孙。

"你为什么会这么觉得呢?"弥生问道。

"嗯,其实……"片山说起了先前在餐馆看到的签名。

"这事倒是挺有趣的呢,"弥生说道,"但遗憾的是,这事和我似乎没什么关系。"

"是吗?"片山稍稍感觉有些失望,他确实应该再仔细考虑一下年龄的问题。

"啊,弥生。"

说曹操曹操到。安西兼子本人也和冈田太太一起出现了。

"早上好。"弥生微笑着说道。

"感觉怎么样?"

"还不错。"

"是吗?那么,下午三点,你先到音乐厅去吧。正式演奏之前,还要预先彩排一番才行。"

"好的。"弥生重重地点了点头。之后,她又故意瞎闹般地补充了一句"妈妈"。

"你叫我什么?"兼子一愣,反问道。

这时候,服务生走到了几人的身旁。

"片山先生……"①

"我来吧……片山先生,似乎有您的电话啊。"

真理帮忙看了一下。

片山噌地站起身来,感觉就像是在说"谢谢"一样。

片山拿起电话亭里的电话听筒,里边传出了莉莎的声音。

"喂,片山先生?"

"哦,是你啊!没事吧?"

"柳美知子小姐似乎没什么事。"

"我是在问你有没有事,"片山说道,"罢了。查到些什么

---

① 此处是服务生用罗马音念出片山的姓氏。

情况?"

"嗯。怎么样?快吧?"莉莎得意扬扬地说道。

"确实挺厉害的。"

"不过我也只是听我那些同伴说的,你千万别跟警方说啊。"

"我知道了。情况怎样?"

"你听好,"莉莎稍稍压低了嗓门,"今天下午三点,你到普拉特来一趟。"

"普拉特?哦,你是说那处游乐场?"

与其说是游乐场,那里更像是一处面积很大的公园。

"对。我在那里等你。"

"有没有什么标志性建筑?"

"你知道那座大摩天轮吧?"

"嗯,就是曾经在《黑狱亡魂》里出现过的那座……"

"对。就在那座摩天轮下边如何?感觉就跟电影里一样。"

"不错。那就三点见!"

"好。你记得要一个人来哦。"

"我知道了。"

"片山先生……"莉莎的话说到一半,又犹豫起来。

"怎么？"

莉莎稍稍顿了顿："不，没什么。那就过会儿见。"说完，莉莎便挂断了电话。

片山走出电话亭，只见晴美出于担心也跟着来到了电话亭外。

"莉莎打来的？"

"嗯。她似乎查到些什么消息。"

"啊，这么说来……"

"她约我三点到普拉特去见面。"

"三点？"

"而且还跟我说，让我单独过去。"

"哥你一个人去？"

"嗯，我也不知道为什么会这样。"

片山的心中有一种不祥的预感。

但不管怎么说，片山只能去走一遭。白天到普拉特去，周围应该挺多人，大概不会有什么问题……

"那，我们就去听音乐会吧，"晴美说道，"要是有什么问题，记得联系我们。"

"好，"片山点头道，"下午三点，大摩天轮下。"

"嗯？感觉就跟《黑狱亡魂》似的。"

齐特尔琴的乐音，男人之间的友情——不管怎么说，那部电影最终是以悲剧收场的。

两点半稍过，晴美等人来到了音乐厅。片山已经独自一人到普拉特去了，但愿他别迷路。

刚走进音乐厅，就听咣的一声，周围响起了沉重的钢琴声。

弥生正独自一人弹奏着钢琴。

今晚演出的曲目并非莫扎特，此时的她正忘我地弹奏着其他曲子。

"好厉害，"真理喃喃道，"是不是出什么事了？"

"什么出什么事了？"晴美扭头问道。

"不大清楚……不过她似乎想要彻底忘记些什么。"真理说道。

没错。在晴美听来，钢琴的演奏也是同样的感觉。

只不过，从琴音来听，弥生似乎并非为了忘记今夜的紧张……

"哎，福尔摩斯呢？"晴美回头看了看，"石津，你看到福尔摩斯了吗？"

"不知道。先前我倒是在门厅看到过它。"

"大概是被我们落在门厅里了。福尔摩斯应该无法推开那扇厚重的房门。"

"我去看看吧。"

"没事,我去吧。"晴美独自站起身来,离开大厅走到了门厅里。

此时门厅没有人影,也没有福尔摩斯的身影。

"福尔摩斯,你上哪儿去了?"

晴美在门厅里四处游走,沿着厚重的地毯走去,只见前方的沙发上放着一件长长的毛皮外套。

毛皮外套……说起来,哥先前似乎曾经提到过有关毛皮外套的事。

晴美突然回想起来。

哥先前说过,当时三号包厢里挂着一件毛皮外套。应该就是这样的一件外套吧……

但是,这外套应该不是当时那件才对。如果那件外套当时留在了包厢里,应该是会被警方收走的。

晴美扭头看着那件外套,一路向前走去——就在她即将走到外套旁的时候,那外套突然动了一下。

"呀!"

毛皮自己动了!晴美吓得跳了起来——毛皮下边露出了毛

皮——福尔摩斯从里边钻出头来。

"喵——"福尔摩斯叫了一声。

"福尔摩斯！你真是的！"晴美摸着胸膛说道，"吓死我了！你要是把我吓休克了怎么办？"

要是这时候片山也在，估计他会大笑晴美一番吧。

"喵。"福尔摩斯坐到沙发上，叫了一声。

"哎，怎么回事？"

福尔摩斯两眼放光地看着晴美，晴美则目不转睛地盯着那件外套。

对啊，这外套如果真是当时那件……晴美拿起那件外套看了看。是一件稍长的厚外套——要是把它挂到衣帽架上去，估计下摆会耷拉到地面吧。

那衣帽架是个很大很旧的架子，周围还很昏暗。

"等一下，福尔摩斯……要是当时就像刚才福尔摩斯那样……"

那外套并非随处可见的便宜货，不但厚实，还很蓬松。

也就是说，即便外套稍稍鼓起，从外边也无法看出来。

"对啊！"凶手当时肯定就藏在外套里啊。

当时，凶手准备动手杀害林的时候，包厢门外传来了片山和莉莎的说话声。凶手当时心里一急，干脆直接钻进了那件外套里，把身子贴到了墙上。

片山和莉莎根本没有留意外套里面。

莉莎逃离包厢，石津和片山紧追而去之后，因为凶手先前已经看到手枪滑落到座位底下的一幕，所以凶手便立刻捡起那枪，开枪打死了林。然后，凶手把手枪扔下，躲回外套里。

这时候，晴美和真理进了包厢。林摔到下边的普通观众席上，引起了一场大骚动。所以当时晴美、真理和栗原全都呆住了。

趁着这工夫，凶手披起外套，悠然地走出了包厢。

之后歌剧院里就乱作一团……现在回想那件外套当时是否还在包厢里，晴美的记忆已经彻底模糊。

"肯定就是这样。只有这种可能。"

但是，如此一来，那么凶手究竟是谁呢？

要是身材肥胖一些，是没法躲到外套里边去的。

如果眼前这外套就是当时的那件，那么它到底是谁的？

晴美突然感觉自己身后有人，扭头向后望去。只见身后站着的人，正是安西兼子。

"安西女士……"

"你已经发现了啊?"安西兼子说道。

整个门厅寂静无声。

"片山先生!"

片山听到叫声扭头一看,只见莉莎正坐在长椅上冲着自己挥手。

"抱歉,我来晚了。"片山向着莉莎跑过去。

和莉莎并肩坐在长椅上的就是柳美知子——水科礼子。但此刻她就像是睡着了一样,无力地靠在莉莎的身上。

"她怎么了?"

"药。"莉莎说道。

片山迅速地查看了一下周围,是那种常见的游乐场里的光景。很多人在旁边走来走去。

"药?"

"对,给她打了一针。过上两三个钟头,她大概就能复原了。"

"不会有问题吧?"片山轻轻地摇了摇水科礼子,看样子她似乎还有些意识。

"赶紧把她带回去吧,"莉莎说道,"让她在宾馆里泡个澡,这样一来,药效消退得会快些。"

"好的,我想办法把她带回去,"片山叹了口气,"那你呢?"

"我暂时还不走。"

"为什么?"

莉莎没有回答。

片山有些在意。

"真亏你能把她给带到这里来。"

"我认识下手的人。"

"你就这样把她带出来,不会有事吧?"

"嗯,我已经跟他们谈好了。"莉莎点头道。

"是吗?那就好。"

"你快走吧。这样子挺招人注意的。"莉莎催促道。

"嗯。那你过会儿也过来吧。"

"嗯。"

"今晚我们会在宾馆里等你,"片山说道,"我会让课长跟警方说说,就说是你救出她来的。这样一来,或许你和你哥的处罚都能稍微减轻一些。"

莉莎微微一笑:"谢谢。片山先生,你可真是个好人啊。"

"嗯,没多少时间了,我先走了。"

片山架住水科礼子,站起身来。要是不注意,感觉水科礼子就像是喝醉酒了一样。

莉莎站起身来叫了一声:"片山先生。"

"嗯?"

"你当心点儿,"莉莎说道,"再见了!"

说完,莉莎便飞奔起来,消失在纷至沓来的人群中。

或许,她再也不会回来了。片山心中突然有了这样一种想法。

"唔——"水科礼子沉吟了一声。

"好了,你振作点啊!"

片山撑起水科礼子的身子,往前迈出了脚步。

尽管是个女子,却因为全身上下没有半点力气,感觉很沉重。

早知如此,就把石津那家伙也叫来了。

"弥生是我的外孙女。"安西兼子说道。

"外孙女……"晴美怔怔地盯着安西兼子。

门厅里一片寂静,看不到任何人影。

弥生在大厅里弹奏的钢琴声,微微地传了过来。

"弥生的母亲,其实是我的女儿。年轻的时候,因为年轻气盛,我曾到维也纳闯荡过一番,而当时我和某个音乐家生下的孩子,就是弥生的母亲。但是因为对方有家有室,所以我只能抱着那孩子偷偷地回到了日本。"

"那么,现在那孩子怎么样了?"

"我把那孩子送给了其他人收养,后来那孩子又和月崎结了婚。弥生出生之后,我就开始教她弹琴。"

"原来是这样啊。"

"而那家餐厅墙上的签名,则是我和女儿返回日本之前留下的。"

"但是,那签名上写的却是Yayoi①啊?"

"我女儿的名字也叫弥生,"兼子说道,"生孩子的时候,我女儿死了。所以,我给她的女儿也起了同样的名字。"

"原来是这样啊……"

"之后,月崎再次娶妻,而现在的弥生就把月崎的后妻当成了真正的母亲。"

晴美两眼盯着兼子直看:"但是,您为什么要让柳美知子成

---

① Yayoi 即为日语中"弥生"二字的念法。

为第一名呢？"

"这问题的答案很简单，因为柳美知子更加优秀，"兼子斩钉截铁地说道，"但弥生自己却不愿承认。或许她还在为我当时投给柳美知子的那一票不原谅我吧。当时我们争得很激烈。弥生甚至还说过要从我门下离开，去跟从其他老师。情急之下，我终于忍不住说出我就是她外婆的事实。"

"那么，弥生她说了什么？"

"她受了刺激，之后便启程来到了维也纳……其实她也不是想要拿柳美知子怎么样。"

"既然如此，那么安西老师为什么要杀害林？"晴美问道。

"那是因为事出突然，"兼子说道，"听弥生说起柳美知子会到那间包厢去的消息，我一直等候着柳美知子。但是，柳美知子却始终没来……或许是她看到我之后，就立刻转身离去了。"

"毕竟，安西老师您也不知道她长什么样啊。"

"当时，我本来准备在包厢里等她。但后来我感觉有些冷，所以就把毛皮外套拿来了。走进包厢之后，我发现那男的已经在里边了。"

"他当时睡着了吗？"

"对！弥生进去看情况的时候，估计他也在里边。但因为他躲在椅背后边,所以弥生没看到。大概是这样吧。弥生的眼睛不大好,"兼子说道,"因为先前我就听弥生说过,到时候柳美知子的恋人或许也会来,所以我想,那男的应该就是弥生说的恋人了。当时我想把他叫醒,问他些情况……因为我本想让他和柳美知子说说,让柳美知子把冠军的名额让给弥生。虽然这话听起来挺矛盾。"

兼子一直在外婆心与教师心之间摇摆。

"但是,就在我犹豫到底要不要把他给叫醒的时候,片山先生和那女孩子就——"

"然后,情急之下,您就躲起来了?"

"对。因为那件外套是冈田太太的,所以有些长。要是正常地穿上,下摆会耷拉到地上去。"

"您是把那件衣服挂到衣帽架上,然后再躲到里边去的吧?"

"正如你所见,我是身材瘦小的类型,而且,当时包厢里的光线也有些昏暗……因为我瞥见那女孩手里拿着枪,所以我想是没法出去的。"

"然后,你就看到莉莎手里的枪掉到了地上?"

"对。我看到那枪滑到座位底下去,之后那间包厢就彻底空了,只剩下我和依旧熟睡的林两个人,"兼子缓缓地摇了摇头,

"真不知道我怎么会做出那种事来。"

"您不会是在想,如果林死了,那么柳美知子就没心思开什么音乐会了吧?"

"大概吧,或许当时我就是那么想的,"兼子喃喃道,"其实这一点就连我自己也记不清楚了。不知何时,我已经握起了那把枪,然后瞄准了林的后背……虽然我自己没有特别在意,但管弦乐团的声音彻底掩盖住了枪声。"

"然后,您扔下了那支枪,藏身到了外套里,是吧?"

"你们进包厢后,想必也看到林摔到台下引发骚动的一幕吧?我就是在那时候下定决心逃离包厢的。"

晴美点了点头。

"那么,绑架柳美知子的也是您?"

"你哥哥曾经央求过我,让我帮他向宾馆的人打听那个教会的所在。所以我就猜想他或许是想去见柳美知子,之后我就抢先一步,到教会里去等他们。"

"但您又是怎么把她给——"

"光凭我的力量,确实很难做到,"兼子点了点头,"就在我准备进入皇家墓穴教堂的时候,有人险些撞到了我——那是个不良少年,平日里以游客为对象进行扒窃。当时,我叫住了那孩子……"

"您跟他说，让他代替您绑架柳美知子？"

"我掏钱给他看，之后他就立刻召来了一帮同伙。我当时跟他们说，如果看到日本女子进入教会，就把那女的带到别处去，监禁起来。但我又叮嘱他们，让他们不要伤害那女子。总而言之，只需要监禁到这场音乐会结束。当时我心里只有这样的想法。"

"安西女士……"

"我知道，"兼子点头道，"我先犯下了杀人罪，又犯下了绑架罪。我会去自首的。但是，还请你稍等一下，至少等这场音乐会结束。"

"那，柳美知子小姐在哪儿呢？"晴美问道。

"我不知道。等到明天，那帮男孩就会联系我。"

"请您仔细想想吧，"晴美说道，"音乐会其实也没什么太重要的。但是，那些少年真的会像您叮嘱的那样把柳美知子平安无事地送回来吗？就算您说了叫他们别伤害柳美知子，他们真的会照您说的那样做吗？要是她被人杀了，那可怎么办？"

"这个……"

"这事要是让人知道了，弥生小姐的职业生涯又会如何？即便弥生小姐本人对此毫不知情……"

晴美的话还没说完。"我知道。"身边响起了说话声。

兼子吃了一惊，抬起头。

弥生就站在两人的身旁。

"弥生……我还以为你在音乐厅里呢。"

"你可真够傻的，"弥生说道，"你要是自首了，那我的成功不就彻底泡汤了吗？死人是不会说话的，干脆把她也杀了吧！"

晴美一怔。弥生见状，笑了起来。

伴随着弥生高亢的笑声，钢琴声传入了门厅。

"弥生……这钢琴声是……"

"你可真够傻的，"弥生说道，"你到底绑架了谁？现在弹琴的人就是柳美知子。"

"你说什么？"兼子睁大了眼睛。

"没错！她出现了！我是第二名！怎么样？杀人犯罪，这一切全都白费了。"

兼子一个踉跄跌坐到了沙发上。

"啊……原谅我吧……弥生……"兼子的声音就像是从嗓子眼儿里挤出来的。

"住手吧！快住手啊！"弥生静静地走到兼子身旁，轻轻地搂住了她的肩头，"为了我……你又何必这样呢？"

兼子不住地啜泣，而弥生则紧紧地抱住了外婆。

晴美和福尔摩斯站在一旁，久久地注视着眼前的光景……

"你没事吧？感觉怎么样？"片山对刚从浴室里出来的水科礼子问道。

"我没事……"水科礼子披着毛巾质地的浴袍，甩动了一下潮湿的头发，"只是感觉脚下还有些发晃。"

"我给你煮了些咖啡来，"片山往杯子里倒上了咖啡，"喝吧！马上就要到五点了，音乐会就要开始了。"

礼子慢吞吞地喝着咖啡，低头致谢道："真是抱歉。"

"不必。要谢还是谢莉莎吧，"片山说道，"我只是个没用的刑警罢了。"

"不是的。"礼子摇了摇头。

"什么意思？"

"我……我不是柳美知子。"

"你说什么？"听见礼子的话，片山顿时哑然，"可你的确……"

"是有人恳求我这样做的,那个人就是柳美知子。我和她自小认识。但是,我只是一个寻常的职业女性。而她虽然出身贫寒,但她的生活目的却是要靠钢琴来扬名立万。"

"那你为什么要做她的替身?"

"她获得冠军之后,很多人都在查探打听她的真实面目到底如何。如果不是某位特定老师的弟子就无法赢得大赛,她对这样的现实抱有很强的反感情绪,以她的背景实在是无法获胜的。所以她在比赛时戴上面具,向这种现实发起了挑战。"

"原来如此。"片山能理解这样的心情。

"但是,她也想过这事必然会有人出头干预。光是她没有用真实姓名报名参赛这一点,就有可能会成为取消她参赛资格的理由——因此,她采取了在音乐会开始之前不公开露面的方法。"

"也就是说,她是故意躲起来的?"

"没错。既然她本人没有出现,那么就无从取消她的参赛资格。等到音乐会举办的当天再突然出现在维也纳,日本乐坛就无法在她的职业生涯中设坎为难。"

"那么,你又为何会到维也纳来?"

"她必须放出假消息,让众人都以为钢琴师柳美知子已经到维也纳了。"

"那就是说,你是自己离开机场的?"

"是的,但是我没有想到林居然也会跑到维也纳来。"礼子摇了摇头。

"那么,你是怎么看待林这个人的?"

"我确实挺喜欢他的,但没有和他结婚的打算,甚至还有想要分手的念头。"

"为什么?"

"他是那种花花公子类型的人。除了我之外,他还有其他的情人。但一旦要分手,他又会感觉很可惜。"

"正因为如此,你才会在看到他人的婚礼时哭泣的吧?"

"是的……先前我还以为他是一路追着我到这里来的,心里挺高兴,结果……"

"实际上却并非如此?"

"对,"礼子摇了摇头,"他其实是跟着她来的。"

"她……难道是柳美知子?"

"不知何时,他已经和她成了一对恋人。但是,站在她的立场上,或许是因为独自到维也纳来太显眼,所以故意把他带来……"

"这么说,柳美知子就是……"片山问道。

他似乎明白了一切。

"音乐大赛第一名,柳美知子。"

日语和德语的播音在大厅里不断地回响着。

一名身着鲜红长晚礼服的女性英姿飒爽地出现在了舞台上。

鼓掌声响起——片山就站在门旁。

那女性丝毫不为所动,向众人大方地行了一礼,之后便走向了钢琴。今天的她,已经彻底脱下了面罩。

伏见恭子——就是先前出现在林的房间里的那个女子。

还没等管弦乐团开始演奏,片山已经走进了门厅。

月崎弥生手里握着钢琴曲谱,脚步匆匆地走了过来。看到片山,她停下了脚步。

弥生两眼盯着片山说道:"你现在心里一定觉得很痛快吧?"

"怎么可能?"片山摇头道,"相反,我感觉有些悲伤。"

"是吗?"弥生的脸上露出柔和的表情,"我也是。"

"安西女士呢?"

"刚才她已经和你的那位课长一起到警察局去了。"

"是吗?"片山点头道。

"血缘什么的,其实根本就没什么,"弥生笑道,"结果,她却为我杀了人。"

弥生的笑声中带着一丝悲凉。

"但是,说起来倒也有件好事。"弥生说道。

"什么事?"

"我终于得知我的外婆还活着了,"说罢,弥生爽朗地一笑,"要不去喝一杯?"

"我酒精过敏。"

"真是个冷淡的人啊。"

就在这时,真理走了过来。

"片山先生。"

"莉莎呢?"

"她似乎还没回宾馆。"真理摇了摇头。

"是吗?"

"晴美他们还在外边等着呢。弥生小姐,一起吃个晚饭吧?"

"不会妨碍到你们吧?"

"不会的。"

"喵——"

福尔摩斯来到片山身边。

"既然如此,那就放开肚皮大吃一顿吧!"弥生开心地高声说道。

片山说道："那么，我们就出发吧。"

离开大厅，与晴美、石津汇合之后，几人漫步在夜晚的维也纳大街上。

"真够冷的呢。"片山缩了缩脖子。

福尔摩斯突然停下脚步，回头看了看。

远处的街灯下，莉莎目送着大家。

看到福尔摩斯转头看向自己，莉莎挥了挥手。

福尔摩斯默默地翘起尾巴，一路小跑地追赶着片山他们而去。

"再见了，片山先生。"莉莎喃喃念着，缓缓迈出了脚步。

走了一阵，莉莎突然发现有人挡在自己的前方。她停下脚步。

四名少年团团围住了莉莎。

莉莎并没有表现出半点畏惧——她早已知道会这样。

因为，是她擅自把柳美知子带走的。她欺骗了这帮少年，说希望能够加入到他们当中。

如果不那样做，她就无法在半天时间里把那女子找回来。

莉莎并不后悔——那些人和那只三色猫——这一切，对莉莎而言，都是让她感到温馨的、独一无二的一段人生。

即便刀子挥舞到了眼前，莉莎也丝毫不惧。

莉莎的身子无力地倒在了路上，四名少年四散而逃。

朦胧的意识中，莉莎仿佛听到了那只猫的叫声。

终 章

"下次再来玩啊。"真理说道。

这是帝国酒店的大厅。片山等人的行李早已堆放到了前往机场的巴士上。

"喂,石津呢?"片山从前台走了过来。

"大概还在忙着吃吧,"晴美说道,"就让他吃吧。"

"要是没赶上飞机的话可怎么办啊?"片山一脸不快的表情,"你要是和他结婚,以后还不得天天迟到?"

"你为什么拿我撒气?"

"喵——"福尔摩斯叫了一声。

"我去把他给拽来!"片山向着餐厅走去。

"天气可真好啊,"真理看着艳阳高照的屋外,"空中的旅行,想来应该也会挺舒适的。"

"真理,你还不打算回日本吗?"

"我也不清楚……"真理低头说道,"我现在的能力还有所欠缺,而且不知道自己究竟还有多少潜力可挖。我打算继续在这边努力一段时间。"

"也是。你还年轻，加把劲吧。"晴美把手搭到了真理的肩上。

"有时我也会有种想回日本去看看的想法。到时候，我们抽空见个面吧。"

"那当然！就算是我哥，也一定会丢下杀人案去见你的。"

"未必啊，"真理笑道，"我这样的人，很容易被人忘掉。"

"没这回事，"晴美摇了摇头，"你知道我哥他刚才为什么会那样焦躁不安？是因为他知道自己差不多要跟真理你说再见了。"

"怎么可能……别逗我了，过分啊。"真理看到晴美的双眼中充满了悲伤。

"我骗过你吗？"

"可是……"

"真理，你的第一恋人是音乐，第二恋人是我哥，这不是挺好吗？"

"我……如果可能的话，我想就这样跟着片山先生走。但是，如此一来，迟早有一天，我会为我当初放弃小提琴而后悔的……"

"没事,我哥他其实也很清楚。"晴美难得地夸奖了一次片山。

"等到我回日本,想必片山先生已经找到他喜欢的人了。"

"你就放一万个心吧!我哥他不是那种招人喜欢的人。"

一会儿抬高,一会儿贬低,晴美也挺忙活的。

片山叹气连连地回到了两人身旁。

"石津他怎么样了?"

"他说要是不让他再多吃一块火腿,他会死。"

晴美忍不住笑了起来:"真理,你应该有话想和我哥说吧?我就先到外边去回避一下啦。"

"晴美小姐,那个……"

晴美无视真理的挽留,自顾自迈步走出了宾馆的玄关。

天气确实很晴朗,给人清爽的感觉。回头一看,只见片山和真理肩并肩在大厅里聊着些什么。

"真让人不省心啊。"晴美喃喃道。

"栗原先生。"

栗原面带微笑地走了过来。

"路上当心。"

"好的。栗原先生你们什么时候出发?"

"先前发生的那些事，还得花点时间才能处理完，"栗原说道，"但愿你们不要再在瑞士遇到杀人案了。"

"我哥心里肯定也是这么想的，"晴美笑着说道，"那个……安西兼子女士呢？"

"嗯，估计能替她酌情减刑吧。毕竟这里的人对音乐家都心怀敬意。"

"弥生小姐呢？"

"估计她还得在维也纳待上一阵，设法帮一帮安西兼子吧。虽然她嘴上尖刻，但心里还是很惦记自己的外婆。"

"想来也是。这样一来，我也能稍微放心一点。"

"比起这些人……"栗原突然换成了一脸严肃的表情，"片山呢？"

"还在里边。要我去叫他出来吗？"

"不，我还是跟你说吧，"栗原压低嗓门说道，"那个名叫莉莎的小姑娘……"

一听到这话，晴美一怔。

"那孩子怎么了？"

"被人捅了。据说在路边发现她的时候，她已经奄奄一息了。"

"啊？"

"据说是她的同伙报复了她，可能是因为她把水科礼子送回来了。"

晴美顿了顿："她死了？"

"应该还能再撑上一段时间。但是，据医生说，也不知道还能坚持多久。"

"要是我哥听说了这消息……"

"他心里肯定会过意不去，所以你也别跟他说。反正还年轻，说不定能缓过来。"

"说的也是。"

"等回到日本之后，我来告诉他。"

"但愿她能好起来——"

"为她祈祷吧。一定要看好片山啊。"栗原说道。

说完，栗原伸头看了看宾馆里边。

"喂——那是片山？他怎么会在大厅里和女孩子亲起来？"

"似乎是呢。"

"这家伙……也算是长大了。"栗原微笑着说道。

石津和福尔摩斯从宾馆里走了出来。

"抱歉！我来晚了。"石津挠头道。

"结果我哥他自己却落到最后。哥!我们要走了哦!"

片山赶忙冲了出来。

载着一行人的巴士开动了。

"再见了,片山先生!"真理在路边冲着中巴车挥手,"下次见!"

车子不断提速。

片山望着真理不断地挥手,久久不舍得回头。过了一阵,车子转过街角,真理的身影再也看不到了。

"哥。"

"干吗?"

"你可别哭啊。"

"瞎说!"片山一脸怒容地说道,"我说,晴美。"

"什么?"

"我是不是应该把她给硬拽走啊?"

晴美一笑:"你啊,就是因为整天问我这种问题,才会直到今天都没结婚。"

"是吗?不过,我就是我啊。"

"对。哥你就照你自己的方式去做就行了,这才是最好的。"

只不过,这样一来,片山或许得等上二三十年才能结婚。

"是吧,福尔摩斯?"

"喵。"福尔摩斯像是明白了什么,轻轻地闭上了眼睛。

巴士开上了前往维也纳机场的高速公路,猛地加快了速度。